Marie Lacire

Atlantique

roman

PLON
www.plon.fr

92, avenue de France
75013 Paris
Tél. : 01 44 16 09 00
Fax : 01 44 16 09 01
www.plon.fr
www.lisez.com

Mise en pages : Graphic Hainaut
Dépôt légal : août 2023
ISBN : 978-2-259-31610-1

1

Vide-greniers, 9 heures du matin, Talais. Talais lui remonte le moral. Le seul endroit qu'elle peut blairer en ce moment. À Talais, les cabanons s'appellent L'Orage, Le Déluge, L'Inondation. Pourquoi pas La Fin du monde.

Anne fume une cigarette sous le parasol Pulco d'une guinguette.

Vous êtes la première, aujourd'hui, lui dit le patron.

Elle demande si à cette heure-là on peut commander des frites. Des frites et du café.

Le gars vient visiblement d'agrandir son restau. Il est fier. Il a acheté un cabanon pour faire une extension. Il prépare son service, nettoie les chaises et passe un coup sur les tables.

Anne n'aime pas les intellos. Elle n'a pas lu Virginia Woolf, mais c'est ça qu'il lui faut : une chambre à elle. Et comme tout pue le renfermé dans la maison de Naujac où elle passe les vacances, elle installera une chaise et une table dans le jardin.

Anne paie son café et ses frites, écrase sa clope à peine fumée et va au vide-greniers. Elle rumine, regarde les stands. Des tas de jeux à moitié désossés, poupées aux cheveux acrylique, figurines, gosses derrière les tables à attendre une pièce, plats rustiques, boulons, confitures maison, vélos, pas l'ombre d'un joli truc. Pas d'espoir. Elle a le goût du sel et du café dans la bouche. Si ça continue, elle ira ch[illegible]ez Leroy Merlin. Au roi Merlin, comme dir[illegible]it l'autre.

A[illegible] bout de l'allée, une femme déjeune sur un b[illegible]t de table de jardin. Anne s'approche. La tab[illegible] est piquée et vieille. La femme aussi. Elle bo[illegible]u vin au soleil. Il est tôt. Elle vendra rien qui [illegible]ange sa fin de mois. La femme a des souci[illegible]Un mari malade ou sa mère ou plus un r[illegible] Anne demande le prix. Dix euros. Il y[illegible]ssi la chaise sur laquelle la femme est a[illegible] Cinq euros. La femme sent qu'Anne va a[illegible]. Par terre, Anne ramasse un vieux mug[illegible]ché. Deux euros. Anne donne vingt eu[illegible] se tire sous le soleil. Ouvre le coffre, y[illegible]e les achats. Démarre.

Elle aime rouler. De chaque côté de la route, le vent balaie les tamaris. Elle va passer devant les huîtres, la brocante de Talais, s'arrêter au stop. Elle pense que c'est étonnant, les stops dans la nature. On s'arrête toujours seul au milieu de nulle part. Jusqu'au jour où on s'arrête pas. Crash. Après le stop, elle reprend la route en ligne droite vers Naujac.

2

Chaque matin elle s'assied à la table pour écrire. À l'ombre du pin. À côté de l'ordi, la pile de livres en cours, *La Traversée de l'été*, pour le titre et Capote, *Le cœur est un chasseur solitaire*, McCullers, *Apprendre à finir*, un roman français qu'une amie lui a offert. Si t'as pas le moral, le lis pas maintenant. Elle a lu direct.

Sous les livres, *Le Nouveau Détective* qu'elle adore et qui, plus que n'importe quoi, n'importe qui, lui remonte le moral. Des meurtres, du sang, des viols.

Cette installation matérielle n'y fait rien. Elle tourne le dos à la maison, mais ça bute. Ça la prend comme une main au collet. Comme une bête qui vous tient dans sa gueule. La table est installée dans les herbes. Elle se fait dévorer les jambes par les aoûtats. Elle gratte, sa peau se déchire et ça laisse des traces. Elle cicatrise mal, c'est pas nouveau. C'est cliché, la panne d'inspiration, pourtant elle tombe dedans tête la première. Les pieds de la chaise s'enfoncent dans la terre. Vue de loin, Anne penche sérieusement. Elle se lève, rabat d'un coup sec l'écran et rentre dans la maison, furax.

3

On en est là.
Juillet. Les vacances dans le Médoc.

Les combis Volkswagen bicolores, bleu et crème, crème et jaune, les pick-up Ford défilent dans les forêts de pins et de chênes, surfs sur le toit, pimpants. À Montalivet, les gens boivent des mojitos, ils sourient. Ils dévalisent les marchands d'huîtres et de coquillages, s'attachent des bracelets en argent au pied et se nouent des foulards indiens sur la tête. Profiter de la vie, des vacances. À fond. Le bonheur, le soleil chauffe, Anne perd ses moyens. Elle cherche la claque dans l'eau froide de l'océan.

Elle lit vaguement un mag de déco. Double page, piscine à débordement, végétation, maison de plain-pied. *Ils se sont installés au bord de la mer, ont tout cassé, tout reconstruit, pas de wifi, des vacances toute l'année.*

Autrement dit, l'enfer.
Connerie de bobos.
Tu dis quoi ?
Rien ! Rien.
Pas la peine de crier comme ça.
Parfois si.

Les vacances, ou une succession de journées à faire table rase. Arriver à se débarrasser des meubles, des objets, de l'histoire, de tout ce qui encombre la maison, de tout ce qui fait que la maison est cette maison. Arriver à casser la volonté de Phil. Qu'il cesse de laisser les choses en place. Comme si elles avaient une place. Prendre le risque de voir autrement, lutter contre l'enracinement. Ou faire de son mec un mec positif, costaud, bâtisseur. Seule, Anne dégagerait tout du fond des armoires jusqu'au grenier.

Elle doit écrire le nouveau roman, avancer dans l'intrigue, passer à autre chose. Se sentir bien.

Dans le salon, Phil griffonne à longueur de journée assis dans la chauffeuse fleurie. Elle a beau être déchirée, mitée, beaucoup trop molle, il dessine. La chauffeuse de sa mère est devenue une extension de lui-même. Il n'en sortira jamais. La maison de Naujac. C'est *sa* maison, celle qui appartient à ses parents. Elle est de son côté, comme on dit.

Phil regarde Anne aller et venir d'un œil inquiet, c'est toujours ce qu'il fait quand elle bouge, et quand elle range, elle bouge beaucoup. Il veut s'y retrouver dans ses affaires. Suivre le fil de ce qu'il est en train de dessiner. Quand tu cesseras de tout ranger, j'irai mieux, lance-t-il. Et à propos des vieilles chaises bancales : tu ne vas pas décider si oui ou non... C'est la seule chose que j'ai de mon grand-père. Un jour ou l'autre elle arrivera bien à expédier ces vieux barreaux de bois pourri à la déchetterie. Balancer les choses.

4

Pour son premier roman, elle a écrit avec *Tabula rasa*. Arvo Pärt. Quinze minutes de table rase en boucle, pour s'entêter. Avec les écouteurs. Comme les jeunes. Paris, le salon, une table en chêne brut. Une chaise en bois tourné. Tout a compté dans l'écriture de ce roman, surtout les conditions matérielles dans lesquelles elle était à ce moment-là. Les fleurs dans le vase, vase chiné aux Puces, Puces à l'autre bout de Paris, le fauteuil de cuir dans lequel elle fait une pause. La tasse de café. Le vernis mat et la douceur du parquet quand elle travaille pieds nus. Des détails qui échappent à Phil.

Depuis qu'elle est dans le Médoc, Anne n'écrit plus. Elle sèche. Chaque fois qu'elle fait le trajet de la maison à sa table de bureau, traverse le jardin dans ses tongs, râle contre les insectes invisibles, et les visibles, les herbes trop hautes, elle retrouve malgré tout espoir et pense que ça va reprendre, le rythme, les idées, les mots, les phrases qui touchent. Et puis rien ne reprend. Elle bute sur la présence de Phil. Sur le vieux tissu à fleurs. Comment peut-elle écrire dans une maison où tout stagne comme l'eau croupie, où chaque fois qu'elle entre, il s'abat sur elle une sensation morbide. L'angoisse que rien ne change.

Cet été, coincée entre la Gironde et l'Atlantique, elle fait des tris. Seul moyen de lutter contre la place écrasante que peut prendre une personne. En l'occurrence Phil, qui n'a pas grand-chose à voir là-dedans. Pas la première fois qu'elle étouffe, mais il se trouve là, devant elle. Et derrière Phil, les parents de Phil, ses grands-parents et arrière-grands-parents, l'histoire de Phil qui est en train de lui grimper dessus comme la vigne sur le tronc des châtaigniers, des pins et des chênes.

5

Il y a trois ans. Son premier roman. Elle avait de grandes idées pour la sortie du livre. Elle voulait boire du champagne et aller à la piscine le soir, nager ivre dans Paris et savourer sa victoire. Finalement, elle s'est retrouvée dans une librairie, à lire des passages de son bouquin à des âmes égarées. Les questions à la fin de la lecture, le libraire, heureux et fier de la rencontre, que ça se passe chez lui, il a décroché l'auteur, le gros lot. Les chaises installées, sa place à elle, etc. Une question ? Oui, la femme au fond. Vous n'aimez pas l'amour ?

Et Anne qui se lance, que le grand amour n'existe pas, tous ces trucs, l'aveuglement, la légèreté, les baisers sur les bancs publics, les déclarations, les « je t'aime », elle croit plutôt à l'amour qui se construit, pas à pas. Une pierre, une autre. On est des maçons. Et l'amour comme le mur.

Un homme lui a-t-il déjà dit «Je t'aime»?

Elle a chaud à parler d'amour. Se sert un verre d'eau.

Elle a remarqué ce type derrière, qui a souri. Des yeux vifs. Pas snob, pas bourge. Elle le remarque, c'est tout. C'est Phil.

Entre les gobelets de vin blanc et les bretzels, ils ont discuté le coup. Il écoute.

Ils finissent la soirée dans un restau mexicain vide, encerclés par des musiciens à sombreros. Les gars chantent des chansons d'amour. Eux le nez plongé dans l'assiette. *Amo a morir*, *Porque te vas*, *Bailando*.

Une histoire sans queue ni tête, si l'on veut. C'est triste, les tacos au fond de l'assiette, le restau vide, les Mexicains shootés qui n'en ont rien à foutre, l'addition, la machine à carte bleue. Mais les détails ont-ils de l'importance?

6

Ça s'est fait rapidement. L'amour aussi. Sur le futon. Sans détour, ni préliminaires. À part les tacos. Elle ne s'attendait pas à ça, à le voir venir si vite, et plutôt animal. Ça s'est reproduit plusieurs fois. Premier orgasme, première fois qu'on l'attend.

Au début de l'été, ils ont cherché où partir en vacances.

Phil a parlé de la maison de Naujac à Anne. Il a dit que son père l'avait construite dans les années 1970. J'avais six ans. Ils y sont allés quelques étés, puis de moins en moins, puis plus du tout. Sa mère, une petite Italienne vive et pétillante, adorait venir en famille mais le père renâclait. *Siamo una famiglia*, elle répétait pour que ça tienne.

Pourquoi n'iraient-ils pas y passer quelques jours ?

Anne a répondu. Pourquoi pas ? Les locations d'été coûtent une blinde, là-bas on resterait le temps qu'on voudrait, à dix kilomètres de l'océan, on se baignerait. Et l'idée qu'un mec vous invite et vous emmène quelque part, c'était pas mal.

Phil a roulé depuis Paris sans s'arrêter. Une fois dans le coin, sans carte ni GPS, avec son seul souvenir d'enfance en poche, il a trouvé la maison. Guidé par l'instinct. Depuis la route, Anne a découvert une sorte de grand chalet au toit de bois sombre sans charme, enfoncé dans la végétation. Un truc de fait divers. Pour *Détective*, elle était servie. Pas de clôture, pas de portail. N'importe quel quidam pouvait s'échouer sur le terrain, ou une bête, un chien, une voiture.

Anne va apprendre qu'à la campagne on dit « terrain », pas « jardin ». Sur le terrain, il reste de l'époque où les parents venaient en vacances la trace de l'allée menant de la route à la maison. Une haie d'arbres et un sol écrasé, tassé plus qu'ailleurs. Des visiteurs en voiture (on n'arrive pas là à pied) ont dû rentrer tout ce temps d'absence. « Pour voir. » Ils cherchaient l'ancien propriétaire, leurs parents avant eux ont vécu là, ils voulaient revoir la maison, les lieux. Leurs souvenirs. Tout un peuple d'inconnus rôde toujours.

Partout en dehors de l'allée, les herbes sont très hautes.

Ça pourrait être champêtre comme une fête d'été, ça ne l'est pas.

La voiture s'avance et s'arrête au bout du chemin. Phil serre le frein à main. Anne regarde la maison, effarée, bloquant sur le crépi. Beige. *Adios, les hortensias.* On descend les bagages du coffre, le sac de pique-nique, on ramasse les bouteilles d'eau qui traînent à l'arrière, un vieux sopalin, un paquet de Ricola. Le siège avant se rabat brutalement sur le klaxon. Le silence revient, à se demander où ont disparu les oiseaux. Les portières claquent. Anne bipe sur la clé électronique pour fermer la voiture. Comme s'il y avait un danger, comme si quelqu'un pouvait voler le seul moyen qu'elle avait de s'enfuir : la voiture. Phil, lui, ne semble ni heureux ni malheureux. Aucune émotion. La fatalité. L'inéluctable. La famille.

Anne contourne la maison. En mode scanner.

Trois fenêtres mal proportionnées avec des barreaux en métal gris. Un étroit chemin de ciment longe la maison jusqu'à la porte.

Manquent les nains de jardin. Anne est en train de se fermer à double tour. Les espoirs de maison, de vacances au soleil, de liberté et de bonheur s'envolent. Le crépi rugueux lui rentre dans le cerveau. Au moment d'ouvrir les volets de la porte-fenêtre – on pénètre direct dans le salon, par-devant –, une dizaine d'araignées au petit corps rond et blanc se figent. Celles-ci sont dangereuses, dit Phil. Les autres, les noires, encore plus nombreuses, détalent. Une fois la porte ouverte, une odeur âcre de renfermé donne un haut-le-cœur à Anne, ça ne semble pas gêner Phil. À l'intérieur, ils découvrent l'un et l'autre – pas ensemble – la maison telle que les parents l'ont laissée. Il y a trente ans.

Anne ne touche à rien. Elle suit Phil dans les pièces. Elle le talonne pour l'exaspérer. Dégoûtée de ses espoirs évanouis, déjà rageuse, revoyant à toute vitesse comme si elle se noyait les jolies maisons qu'elle a connues enfant. La belle pierre, les jardins fleuris et dégagés, les hortensias bleus, la vue sur la mer. À moins qu'elle ne se fasse une fausse idée du passé, comme on idéalise après coup ce qui a été. Il lui revient un perroquet sur son perchoir enfermé dans une niche avec la Sainte Vierge, un lit recouvert de couches de dentelle dégageant une odeur de vieux. Mais, comme dans les séries, ça lui fait un flash de mémoire, c'est tout. Elle zappe. Elle ne voit que les familles réunies, les parents, les parasols rayés et le rire des amis, des invités. Les images fantasmées de l'enfance se superposent à la maison. Un divan en velours mité transpercé par les ressorts rouillés de la structure, une table de jardin en plastique blanc à trois pieds adossée au mur pour ne pas tomber, des lits recouverts de bâches ou de vieux tissus mis bout à bout, une pile de couvertures en acrylique et de dessus-de-lit à franges, orange, bleu ciel et rose, criards. Dans la cuisine, des casseroles en alu, des bols ébréchés, rien qui soit d'équerre. Phil ouvre la porte du placard sous l'évier, se penche, se plie en deux, doit finalement s'allonger sur le dos pour bidouiller la tuyauterie, le haut de son corps disparaît là-dessous, pas pour déplaire à Anne, la vision fugitive du corps du garagiste, les bras musclés, le mec qui n'a pas besoin d'un plombier pour s'en sortir. Dans le placard, des produits ménagers abandonnés, bouteilles, boîtes de conserve rouillées, petits pois, haricots jaunes datant de l'époque des vacances avec les parents, péremption mars 1985, péremption novembre 1986, ustensiles de nettoyage cassés, éponges et serpillières usagées, entrelacées de toiles d'araignées. Et au milieu de cet enfer, Phil manipulant les robinets d'arrivée d'eau et autre compteur électrique, retrouvant l'odeur de la famille et ce qu'il en reste, de la famille, et n'aimant rien jeter, Anne le pressent. Et la voix de la mère de Phil, le jour des présentations, qu'Anne entend comme si c'était là, maintenant, qu'elles avaient lieu.

Nous sommes très conservateurs, mademoiselle.

Le père l'avait prise à part et de sa voix atone, blanche. Mademoiselle, vous avez mis un pied dans la tombe. S'était repris. Je veux dire, dans la famille.

7

Pourquoi s'est-elle entêtée alors que ce n'était pas son histoire ? Pourquoi n'a-t-elle pas pris le premier train pour Paris ? On ne sait pas toujours pourquoi on reste. C'est trop triste de partir encore une fois, de ne pas y arriver encore une fois, de ne pas faire face à un homme encore une fois. Pourtant, l'état de la maison, comment va-t-elle récupérer ça ? L'odeur persistante de renfermé, jusque dans les draps même quand elle les lave et les sèche au soleil, une fois les lits faits, ils reprennent leur odeur, comme habitués à ce qu'ils aiment, à ce qu'ils sont. Les vieux meubles déglingués, cassés, les restes de meubles qui hantent la maison, que Phil ne veut pas bouger – elle en est sûre maintenant, il le lui a dit, et pas patiemment. Ce n'est ni respectueux ni honnête, ça ne t'appartient pas. Les gens travaillent dur pour se payer ça. Tu ne te rends pas compte, en plus, c'est du beau bois. Du beau bois.

Elle comprend, il a raison au fond, mais elle veut que ça bouge, bordel.

Elle s'acharne. Sur la maison. Sur le silence. Elle va y arriver.

Chaque été, Anne et Phil reprennent la route de Naujac. Sortir de Paris, autoroute A10, Poitiers, Royan, le bac, la pointe de Grave, puis trente kilomètres vers le sud, direction Bordeaux.

Elle bille en tête, lui soulagé de quitter Paris, la pollution, de revoir la nature et se satisfaisant de cette maison, car c'est déjà beaucoup. Et puis c'est comme ça. On y va, pas le choix. Et il ne se le dit même pas, il agit comme avec fatalité. C'est de ça qu'Anne veut à tout prix le sortir. Même si elle sait que dans certains milieux on prend ce qu'on a, on fait avec ce qu'on a, on garde les chaussettes, on les reprise, on ne jette pas à tire-larigot, on mange les petits restes, on en fait quelque chose, un autre plat. Elle, elle ne supporte pas bien ça, elle veut voir ailleurs, prendre une voiture et s'installer où elle a envie, en Grèce, sur une île, ou même en France, pourvu qu'elle sente les bonnes vibrations, qu'elle pense *C'est le bon endroit* et que là elle pourra être bien.

Anne rêve de déchetterie. Phil ne lâche rien. S'il pouvait cadenasser son passé, il le ferait. Il conserve tout, petite cuiller, tasse fêlée, morceau de meuble, papillon mort, parpaing, vieux bidet, ça appartient à la maison. Toucher à la maison, c'est bouger quelque chose en lui pas prêt à bouger, c'est le précipiter dans le désarroi ou dans un désarroi plus grand, comme un insecte qui bat des pattes quand il tombe sur le dos. Peut-être qu'il perdrait le nord, après. Peut-être que chaque cuiller cassée, chaque boulon rouillé, dans le garage les caisses de bois attaquées par la vermine, les bouts de tôle et d'amiante entassés au fond, la vieille tondeuse à gazon insoulevable, la mobylette et les vélos crevés, les bassines de joints, de chevilles, le morceau d'évier, les restes de carrelage et les sacs de plâtre le font tenir. Parce que c'est ce qu'il connaît. Et puis pourquoi se débarrasser de tel objet plutôt que tel autre ?

Nous n'avons pas à juger de ce qui est beau ou de ce qui ne l'est pas. Il n'y a aucune raison de se débarrasser de quoi que ce soit !

Elle entend « Tu n'es pas chez toi ! », mais il n'a pas dit ça.

8

Phil claque la porte, il s'enferme dans la chambre comme son père à elle s'enfermait. À chaque contrariété, chaque dispute, chaque discussion qui virait mal.

Autour de la table, un mois de silence. Se levait, faisait le tour pour aller chercher le sel, le plat de frites, la carafe d'eau qu'il ne pouvait atteindre simplement en tendant le bras. Personne ne mouftait, la grande sœur ne jouait plus les gogols, ce qui d'habitude faisait rire tout le monde, la moyenne ne chantonnait plus, la petite, Anne, assise à côté de la mère, prête à la suivre partout, elle si rassurante. L'enfant défendait la mère, c'est de famille, la défense. Les femmes fortes que la vie n'épargne pas moins que les autres mais qui s'en tirent un jour. Anne préparait la défense, elle y tenait, à s'inscrire sur la liste de ces femmes. À l'époque, on est un homme dans un corps de femme, on est forte si on est fort comme un homme, pas encore de MeToo.

Des années plus tard, les disputes les cris les déchirements ont mené au départ de la mère. Le courage qu'elle a rassemblé, les choses qu'elle a mises dans le coffre de la voiture, elle ne pourrait pas revenir les chercher. L'annonce, j'ai quelque chose à te dire, je pars, une baffe dans la gueule. La mère s'est barrée avec Anne la petite – les deux grandes s'en étaient déjà allées –, le père a hurlé dans le jardin, effondré sur le gazon.

Ce pour quoi Anne n'est plus jamais partie chaque fois qu'elle aurait peut-être dû.

Ce pour quoi Anne n'est jamais retournée dans sa maison de vacances, en Bretagne. La maison de son père.

9

Partir sans que ça ait une telle gravité.

Phil est enfermé dans la chambre et Anne reste sidérée, dehors, à regarder le crépi beige, à se souvenir du silence de son père.

Dans la maison de Naujac, ce sont des souvenirs comme ça qui lui reviennent alors qu'elle ne s'y attend pas. Que ça fait belle lurette qu'elle n'a pas pensé au passé. Et ce n'est pas la même porte, pas la même histoire, pas la même maison. Sur la route, elle marche pour se calmer, jamais très loin, elle risque d'oublier, à aller trop loin, elle veut régler les problèmes, elle ne va pas au-delà de la jolie bâtisse en pierre avec les volets bleus qui fait l'angle en épingle à cheveux et ressemble à un fer à repasser. Flatiron Building, New York, sa manière de se sauver de la campagne. Sur la route, elle se le répète, ce n'est pas la même histoire, et puis, après se l'être bien répété, bien rentré dans le crâne, elle revient sur ses pas et regagne la maison.

10

La nuit, Phil n'arrive pas à trouver le sommeil. Il reste éveillé jusqu'à 3, 4 heures du matin, elle le rendort comme un enfant. Elle se trompe. Jamais on ne doit rendormir un homme. Il se lève, dessine, s'agace des faiblesses de son dessin, regarde des vidéos sur YouTube, sculpture, peinture, perspective, graphisme, passe aux jeux vidéo quand vraiment il n'en peut plus de ne pas dormir, aux infos, à tout ce qui vous tombe sous la main sur Internet, la peinture des autres, le dessin des autres, forcément plus aboutis, je ne sais pas comment ils font pour trouver le temps, eux, ils ont le temps de dessiner et ils y arrivent. Tandis que moi. Anne le masse. Ça ne sert à rien de se lamenter sur son sort, reviens te coucher, et puis ça n'est pas bon de rester à regarder des écrans la nuit, tout le monde le dit, ça réveille et on s'abîme les yeux, forcément.

Une nuit, il reste allongé sans pouvoir du tout fermer l'œil. Dans le noir très noir – avec des zones moins sombres mais à peine – des maisons de campagne. Le noir qui repose quand on le prend dans le bon sens. Il lui parle parce qu'il doit se sentir vraiment mal. Elle lui tient la main. Il dit, je ressens comme un grand froid. Elle s'inquiète, la nuit c'est plus fort. Mais son corps est normalement chaud. J'ai froid, très froid. Elle remonte les couvertures, en cherche d'autres dans d'autres pièces. Jusqu'au menton. Mais ça continue. Elle masse. Il dit, c'est comme la mort.

Les vacances. Entre panne sèche, baraque à crépi et souvenirs.

11

On reste pour ne pas laisser tomber l'autre, à côté de soi. On reste pour quoi, se sauver soi-même, l'autre n'est qu'un prétexte, un tremplin. Quelque chose sur lequel s'appuyer. On masse pour que l'autre s'apaise et trouve le sommeil. D'autres moins empathiques se sont tirés depuis belle lurette. Anne n'a aucune idée de comment on vit sans se sacrifier, c'est pathétique, c'est comme ça. Les autres se tapent des mojitos et découvrent les spots du coin.

C'est l'éducation qui la colle au Médoc.

Ce n'est pas une maison de campagne. C'est une maison entre la mer et la Gironde, dit-elle à son amie au téléphone. Faudrait pas qu'on la croie en vacances à la campagne. Les vacances, c'est à la mer. C'est comme ça depuis toujours. La Bretagne, elle l'a perdue.

Avec ses rochers. Elle ne peut plus perdre la mer.

Il y a une forêt derrière, oui. Le vent balaie doucement les arbres du jardin, le vent de la mer ralenti par les quelques kilomètres dans les terres, onze, qui séparent la maison de l'océan. Y a peut-être de l'espoir. Même si sur la route devant la maison passent les engins chargés de meules de foin, même si pour aller à Bordeaux on reste coincés des heures derrière le tracteur qui ne cède pas la place. Même si le Médoc, c'est aussi la campagne et qu'Anne chope des migraines, perdue dans les arbres, la végétation, la terre, sans personne à qui parler.

Parce que la maison avale tout, mais pas la migraine.

Son amie. Tu ne vas pas rester dans le Médoc toutes les vacances.

Le soir, elle a peur du noir. C'est con. À son âge.

Elle ne sait pas jusqu'où va la forêt derrière. Et devant c'est ouvert. L'autre jour, elle s'est trouvée face à ce con de chien du voisin qui a un trou dans sa clôture. Dans ses buissons. Le chien a avancé jusqu'au grand sapin, à dix mètres de la maison. Anne ramassait le linge. Elle l'a vu là, immobile, à la regarder. Elle l'a fixé. Quand il a bougé, elle a couru dans la maison, a refermé la porte-fenêtre. Elle s'est retournée. C'est bon, dégage.

12

Elle l'appelle Phil. Elle a entendu une amie appeler son mari comme ça et elle trouve Philippe trop banal. Philippe, Thierry, Patrick, Christophe, Jean-Christophe, même combat. Dans son monde, les prénoms sont jolis. Marie, Anne, Camille, pas Sandrine, surtout pas Sylvie, pas Christelle. Elle sait pourtant l'absurdité de tout ça.

Au début, Anne s'est dit que, pour redémarrer avec les hommes, c'était pas mal. Après le restau mexicain, ils se sont retrouvés dans son petit appartement. Envahi. Un matelas une place par terre, pour homme seul. Toiles, dessins, livres, photos, morceaux de bois, crayons, fossiles, objets, plantes. Les toiles, toutes retournées contre le mur, limite à faire leur prière. Sur le dos, la date, le lieu de création. Belle-Île 1986 pour la plupart. Pas d'oubli face au temps. La toile, le reste, on l'imagine.

Avec le soleil, la couleur passe, dit Phil. Il faut les protéger. Elle préfère ne pas voir. Pas son monde, Belle-Île 1986, pas son île, une autre femme là-dessous, pas sa vie. À se coller les unes sur les autres, elles resteront comme ça, les toiles. L'endroit a un certain charme, quelque chose d'organique, de vivant, séduisant. Une plante – bégonia géant à fleurs roses – passe d'une étagère à l'autre, enlace les livres, les sculptures, les tickets de métro, les films de science-fiction. Des plantes qui poussent à fond et résistent. Un côté Tarzan.

Cette histoire est loin d'elle. Il faut s'accrocher, se rapprocher. Quitte à ce que ça lui revienne en pleine poire. Il ne s'ouvre pas facilement, habitué à ses affaires, pris dans son bégonia. Il arrose les plantes une à une, même les plus minuscules pousses. Il lui parle d'une femme qui travaillait dans son ancien bureau, très revêche et désagréable. À côté de son ordinateur, une plante verte magnifique qu'elle arrosait quotidiennement. Il lui montre sur le futon des vidéos en noir et blanc d'un grand et vieux maître d'aïkido qui met à terre de jeunes pratiquants, sans une once d'effort. Dans son propre comportement, elle est à des années-lumière, mais ça lui plaît. Elle passe direct la nuit avec lui. Ça va avec les plantes, il est animal, pas brutal, brut. Un dimanche, ils vont au cinéma boulevard Richard-Lenoir. Dans la queue du MK2, il se tient devant elle. Il lève la main et lui caresse la joue sans qu'elle le voie venir, ça ressemble à une claque – ça lui plaît –, et de la même manière elle n'a pas vu venir le reste, le couple et l'avenir.

Ce qui les a tenus au départ. Ce qui les a attachés. Rien. La caresse sur la joue, le silence, l'appart envahi, les toiles qu'elle imagine, le ridicule du premier restau, les chansons d'amour mexicaines. Ils n'avaient pas la même manière de vivre. Elle avait besoin d'y croire, voilà. Elle s'accrochait. Aux branches.

13

Il faut parler de la famille de Phil.

Anne a passé peu de temps avec les parents. Dieu soit loué. On se passe de beaux-parents. Du côté de Phil, le grand-père entasse les bibelots rapportés de ses tours de France en caravane. Il boursicote en veux-tu, en voilà et place l'argent sous le matelas. De son côté à elle, bourgeois, intello sur les bords, grande maison vue sur la mer, rue des notables. Ils ont les moyens. Vacances à la montagne. On ne dit pas « à la neige ». Cabane de plage l'été, les employés de maison, le soir on apprend le latin, la Grèce et les États-Unis en camping-car cinq places couchettes, c'est chic outre-Atlantique. Dans les années 1970, la famille d'Anne vise bien au-delà de la France, les pays de l'Est, le nord de l'Europe, et si on roule dans une maison, on dit camping-car, pas caravane. On voyage en Amérique et on retrouve toujours la Bretagne en point de chute.

Phil a rapidement organisé les présentations. Va savoir. Il est comme ça avec la famille. Le côté italien. Il appelle le dimanche midi, respecte, remercie, prend des nouvelles, quel temps vous avez, la météo là-bas, le ciel ici, prétendre que tout va bien car sinon on s'inquiète, que pas de souci, ils sont vieux, faut pas les bousculer, comment va l'oncle pompier avec ses hanches en plastique, où en est la partie d'échecs avec l'ami anglais. J'ai planté les graines que tu m'as données, ça commence à prendre. On parle. Un peu. Mais on ne dit rien de sa propre vie, juste si ça va et ça va toujours *normalement*. On est le fils.

Présentations dans la Sarthe, maison de famille d'un autre type, construction sur pilotis, de la tôle, une baignoire dans le jardin, dedans un ramassis de plantes, de terre, pluie, boue. Une odeur de pomme rance partout. Visite, ça c'était ma chambre. Encore bourrée de dessins d'enfance, vieux livres racornis, le lit tassé entre les murs, une fenêtre, sur le déluge. Dans le salon, la cheminée est condamnée par une plaque de bois. La table dressée comme il faut sur une toile cirée fleurie. Une petite heure passée à table, Anne comprend vite. Le silence en fond, entrecoupé de la voix blanche du père, quelques mots, sa manière sèche de titiller son couteau, de poser le plat sans le remettre bien au centre, sans le proposer ni à sa femme ni aux autres. C'est la voix de la mère qui est forte : « Resservez-vous, mademoiselle ! » Anne n'a pas d'autre choix que de replonger dans la quiche aux œufs des poules du jardin, bien jaunes, et dans le pigeon encore chaud, sorti de son pigeonnier le matin même. La basse-cour, c'est la vie.

Le père de Phil se vante d'avoir planté dans sa vie plus de cinq mille arbres. C'est tellement phallique, range ton engin, mon vieux.

Anne pense à la foi et à la délivrance. Elle se surprend à chantonner intérieurement l'Agneau de Dieu, c'est pas bon signe. Prends pitié de ton peuple qui ne sait plus où aller et qui demande le pardon et la paix. Tu l'as dit, bouffi ! Anne avec tes mauvaises pensées, ceux qui savent pas se tenir, ta bonne éducation et celle des autres, tes bonnes manières à table. Chante, chante tant que tu pourras. C'est bien.

Anne, tu as le sens du drame.

14

À Naujac, le soleil brille tout l'été, c'est le Sud. Il fait chaud. C'est triste. La maison reste triste. C'est le problème du soleil. La tristesse ressort mieux.

Anne reconstitue l'histoire de Phil avec le peu qu'elle connaît des parents, le peu qu'il raconte et ce qu'il reste de la maison. Elle navigue d'un étage à l'autre, elle se débat avec des souvenirs qui ne sont pas les siens, qui le deviendront avec le temps. Elle sort Phil de son silence, mais c'est chirurgical, l'opération, il faut s'y prendre avec des tenailles et serrer jusqu'à ce qu'il s'ouvre. Il raconte l'histoire du camp de vacances où ses parents l'ont lâché, mis au pied du mur. La voiture roule, la mère à côté du père qui conduit sans un mot, lui sur la banquette arrière. La voiture s'arrête. Tu restes là cet été, on viendra te chercher dans deux mois. Phil est pris de panique, s'accroche à sa mère. Il hurle. Papa ne supporte plus de t'entendre pleurer, papa doit se reposer, il doit travailler. La mère est bouleversée mais c'est décidé, et quand le père décide quelque chose, on s'y tient. Lui a bien eu faim pendant la guerre. C'était autre chose, la guerre. En plus on a payé pour deux mois, donc on s'y tient.

Un silencieux, ça tue.

Sur le chemin du retour, la mère de Phil pleure. Comment va-t-il s'endormir ce soir ? Le père n'a pas l'air soulagé. Ne le sera jamais. C'est comme ça. Dans son usine le bruit l'a tué. Très tôt il n'a presque plus rien entendu. La mère s'est mise à parler plus fort pour qu'il entende. Avec la gouaille de son bar de Drancy, celui de sa mère, de son enfance. Les origines, l'Italie. Elle rêvait de danser. D'aller au bal.

Une fois il raconte. Ma mère adorait la région, le soleil. Crémer les enfants sur la plage, les baigner, préparer les gnocchis sur la table de bistrot en marbre, donner à manger – *masticare bene* –, nourrir, montrer les insectes et les plantes sauvages sur le bord des chemins. Tout ce qui est minuscule. Et aussi les arbres. Les nommer. Le père de Phil a fini par acheter un terrain et construit la maison. Puis il a de nouveau dégringolé, abandonné ses arbres plantés, les vacances, le bonheur, emportant avec lui sa toute petite femme d'un mètre cinquante. Fini Naujac, fini l'été. La mère n'a pas mené la vie qu'elle méritait. Elle aurait dû danser la valse, tournoyer dans les bras des hommes, rêver et revenir épanouie dans ceux de son mari. Le rouge aux lèvres, les rondeurs et les cheveux noirs bouclés. Le rouge a fini au tiroir, on a mangé à heure fixe devant le 20 heures et on s'est occupés des pigeons.

Anne aime les cafés, comme la mère de Phil. Pour le père de Phil, on n'a besoin de rien. Ni de boire ni de manger ? Un matin, elles sont parties toutes les deux au marché où l'on vend des poulets et des canards rôtis, des escargots à la bordelaise, de l'animation, il y a le bar PMU avec le match de foot à la télé. Alors ça, mademoiselle, c'est quelque chose, le match, ils ne sont pas très blancs, mais comme ils y vont, mon Dieu, c'est formidable ! Et disant cela, elle a serré fort la main d'Anne, elle était heureuse, du moins très joyeuse, et Anne a aimé ce moment. Ce jour-là, elle a pensé qu'elle la ramènerait au café pour voir le foot. Y avait de l'espoir.

15

Anne se souvient de l'histoire familiale à la place de Phil. C'est inextricable, indémêlable comme un paquet de ronces. Sauf à s'emparer de la cisaille – avec le temps elle apprendra le nom de tous les outils de jardin, s'en servira, binette, ratissoire, bêche, hache, fourche – et à couper net, en plusieurs points jusqu'à ce que l'imbroglio, le nœud géant, s'effondre. Épisode « Collapse » dans *La Guerre des ronces*.

Phil circule de pièce en pièce, replié sur lui-même, emporté par le courant de la maison. Envahi. Il coule. Face à ce naufrage, Anne analyse d'arrache-pied, s'empare de ce qui tranche, rêve de meurtre au couteau, se débat, fait brûler des feuilles de sauge, chasse le mauvais esprit, frotte à la brosse et à la serpillière le sol, les vieilles traces sur les murs, les portes, le carrelage. Les restes d'insectes. À Naujac, Phil n'a pas la force de grand-chose, Anne marche sur les nerfs. À la hache, elle aurait bien défoncé la baraque. Et pourtant c'était les vacances.

Vous partez où en vacances ? Ah, super ! C'est tellement beau. Nous on était Là. Splendide. Enfin l'essentiel, c'est de ne plus penser à rien. Se laisser aller... Le bonheur. Partager les choses positives, les bonnes ondes.

Si je me laisse aller, je suis plutôt du genre à mettre un poing dans la gueule.

16

À la force du poignet, elle réussit à évacuer quelques oripeaux de la maison. Elle a dans son sac les horaires de la déchetterie. Fermé le lundi. Mardi matin, à l'ouverture, sans prévenir Phil qui dort encore, elle s'empare du divan qui pèse une tonne. Une structure métallique ancienne. Elle le fait basculer sur l'accoudoir puis le prend à bras-le-corps et le fait pivoter sur lui-même jusqu'à la voiture qu'elle fait gaffe de ne pas rayer en chargeant l'animal mort – chez Avis, sans assurance, toute rayure de plus de trois centimètres est prise en compte et coûte un bras, et Anne ne veut pas engraisser Avis avec des assurances à la con, on peut encore quand même vivre libre. Se souvenir de la couleur du tissu. Violet. Ou tout oublier. Un velours râpé. Oublier. Il dépasse largement du coffre, elle emberlificote à tout-va les sangles et les cordes qu'elle trouve dans le garage. Du haillon à la structure rouillée plusieurs allers-retours.

Elle serre, refait des tours. Si ce n'est pas réglementaire et que les gendarmes l'arrêtent, elle avisera, dira qu'elle ne savait pas, qu'elle n'avait encore jamais fait ça. En face, le portail du voisin vient de s'ouvrir automatiquement pour laisser sortir une Audi marine rutilante. De derrière sa vitre à moitié baissée, il lui jette un regard désagréable, accélère et déguerpit. L'autre jour, il n'a pas pu ne pas entendre Anne hurler qu'elle allait se tirer, qu'elle ne remettrait plus jamais les pieds dans ce taudis, dans ce bled pourri. L'a-t-il vue de derrière sa haie jeter le vélo sur la route ? Sous un soleil de plomb.

Puisqu'il n'y a pas de barrière, puisqu'il n'y a pas de limite ! Voilà ce que j'en fais de ce putain de VTT ! Voilà, je le balance ! hurlait-elle à Phil qui s'éloignait et lui tournait le dos. Je hais les VTT, je hais les balades à vélo et Decathlon ! S'il y a une chose à faire, c'est raser la baraque, appeler un bon archi et faire construire un volume qui tient la route !

Elle est allée rechercher le vélo qui gisait sur le bitume. Continuant de répéter Putain de VTT, Putain de vacances, Je t'en foutrais des limites, Je vais tout balancer. L'a posé dans le garage puis a fait défiler Instagram sur l'iPhone pour se changer les idées... Mer bleue, produits bio, voile de lin flottant dans l'encadrement d'une porte, avis sur tout, l'écologie, la littérature, la mort de Bacri – on l'aimait tant, je suis sans voix, sidéré, le seul, l'unique, l'authentique –, l'attaque du Capitole, nanas buvant un spritz, zoom sur le verre, super de se croiser au Cap, on se retrouve toujours dans les meilleurs spots, c'est dingue, émoji.

Y laisse-t-on des plumes ? Le vélo, lui, a la roue voilée.

Back to the canapé.

Avant d'arriver à la déchetterie, à la sortie de Lesparre, elle est tellement nerveuse qu'elle grille la priorité d'un mec en bagnole. Il pile net à quelques centimètres seulement de la voiture d'Anne. Elle se range vite sur le bas-côté, ferme la portière derrière elle, se dirige vers le type, se répand en excuses et fond en larmes, prête à se faire incendier. Ne vous mettez pas dans un état pareil, madame. Ça peut arriver à tout le monde. Vous avez besoin d'aide ? Vous êtes sûre, ça va aller ? Cela ne la rassure pas sur elle-même, mais sur les hommes, oui. Elle repleure en allumant le contact et démarre. Elle roule jusqu'à la déchetterie, monte la côte qui y mène. Serre le frein à main quand la femme préposée aux déchets, plutôt costaud, lui fait signe de patienter. Puis la barrière s'ouvre et elle passe au pas.

C'est pour quoi, madame ?
Un canapé.
Au bout à gauche.

Elle pourrait bosser là, ça lui ferait du bien de passer par-dessus bord les déchets des autres. La femme aide Anne à sortir le molosse de la voiture. Normalement, la règle, c'est de porter seul. À deux, elles le font basculer sur le rebord du muret, puis le poussent dans la benne, trois, quatre mètres plus bas. Un bruit d'éclat marque la fin de la manipulation. La mort du canapé. Dans la benne, une chaise explose sous le choc.

17

Il est 10 h 30 quand Anne rentre. Tous les volets sont fermés, sauf ceux de la porte-fenêtre de l'entrée. Ce qui signifie que Phil s'est levé. Il doit prendre un café dans la cuisine.

Il ne fait aucune réflexion sur l'absence du canapé. Anne se lave les mains, s'affaire. Il ne demande pas où elle est allée. Rien.

Elle veut ranger, passer la serpillière, l'aspirateur, laver les carreaux du salon. Elle se laisse happer par la vision de la forêt. Il y a là plus d'un hectare d'arbres s'élevant vers le ciel, certains très couchés par le vent, d'autres moins, des centaines d'obliques, des centaines de manières de se pencher. Comme des tours de Pise. Des ronces hautes de deux mètres. Chênes et pins, tas de branches pourries amassées – trace du passage de l'homme. Derrière encore les bambous. Tout au fond des ruches à l'abandon, et pour finir le grillage. Ça va loin, par couches. Plus on avance, plus la forêt est dense. Pas moyen de se balader là, sauf à ressortir les jambes écorchées. On peut tout imaginer, un corps enterré, une femme sortant de là en hurlant, le visage dévasté, se trouver perdu dans la nuit. L'autre jour Phil a aperçu sur un tas de fumier un serpent long d'un mètre, il a aussi creusé un trou pour un mulot mort. On a mis une petite croix avec deux brindilles.

Si au moins ça pouvait l'inspirer pour écrire le roman, si la forêt s'animait comme dans *Shining*. Mais rien ne se transforme dans cette foutue obscurité. Pas de buis taillés en forme de lapin, pas d'oreilles de chien.

Une fois de plus, Phil s'est évaporé après son café à l'arrière de la maison. Il ne reste de lui que la tasse vide sur le rebord de l'évier. Elle la lave. La range sur l'étagère.

Il réapparaît de temps en temps avec ses grandes bottes. Puis plus rien, ça dure des heures. Elle commence à avoir très faim, n'en peut plus, il ne voit pas l'heure tourner, elle ouvre la porte du salon, regarde écœurée les traces blanches des nids d'araignées dans les coins – Phil ne veut pas qu'on y touche – et se met à hurler en direction de la forêt, comme si elle pouvait crier au-delà du Médoc, de la Gironde, de Royan, signaler sa présence et sa peur. Phil ! Phiiiiil ! Qu'est-ce que je fous dans cette baraque. Phiiiiiiiil ! On mange ! Elle gueule.

Elle peut bien hurler, personne n'entend de ce côté, personne ne voit son visage déformé. Dans cette solitude, elle se permet. C'est sa *dark side of the moon*. Que Phil en fasse les frais, elle n'arrive pas à s'en empêcher.

Il faut bien que quelqu'un paie.

La forêt explose sa confiance.

Mais jusqu'à quel point est-elle bourgeoise et conne à avoir ce genre de souci ?

Là où elle habite, dans son quartier, personne ne crie par la fenêtre, on s'habille bien, on a la peau nickel. On passe des vacances en Corse, en Grèce, entre amis, au cap Ferret. En Bretagne.

En vacances, on décompresse, on fait griller du bar au barbecue. On a appris à pêcher. On fait du cheval, du bateau. On boit du rosé. Comme les prolos. Le barbecue pareil, comme les prolos. On prend un kilo ou deux à coups d'apéros, on les perdra en rentrant. On nage. On est toujours au bord de la mer. On nage dès le réveil. On n'a pas de crise d'angoisse pendant les vacances.

18

Quelques jours plus tard, pareil pour le buffet. Un souci de bourges.

Ils ont fait le tour du bled, le soir, ça pète.

Merde ! Ce buffet ne ressemble à rien ! Tu ne comprends pas ! Ce bois est merdique ! Et merde !

Dans un vulgaire bois sombre sculpté, avec deux petites portes vitrées derrière lesquelles la mère de Phil a accroché des rideaux de dentelle, et glissé entre la dentelle et la vitre une photo d'elle et de son mari. Face objectif, souriants, se tenant par la main. Les photos que l'on trouve dans les journaux quotidiens des villes de province. La galette des rois, la météo, les chiens écrasés. On ne peut rien attendre d'un tel meuble, si ce n'est un grand feu de joie. Si ce n'est accepter que des gens mettent dans leur jardin des nains, des plantes en plastique, un chien, empilent des pneus, collent une véranda à leur façade, y passent le dimanche en famille. Anne qui a rêvé sur les bancs de la fac à un monde où les milieux sociaux se rejoindraient retombe violemment sur la terre ferme et ses réalités : le buffet est trop lourd.

La pensée qu'il n'y a rien en termes de sentiments entre Phil et elle, qu'elle monte de toutes pièces cette histoire de couple, l'étoffe de détails esthétiques, d'aménagements, que la relation finalement ne tient qu'à ça, qu'elle n'aime pas Phil au fond, lui traverse l'esprit. Tout ce foin qu'elle fait autour du manque de style, toute cette agitation mentale et physique, car elle ne peut s'arrêter de bouger les choses autour d'elle, eh bien, n'est-ce pas une manière de fuir en permanence ce qu'elle est, de fuir le plaisir, de ne pas affronter sa vie sentimentale, de se construire une vie de couple parce qu'il faut avoir une vie de couple ?

Avec le buffet familial, elle touche à ce que Phil a de plus cher. Ce soir-là, Anne dépasse les bornes. Avant de se mettre à table, elle recouvre le buffet d'un grand tissu acheté au marché. Tu es ridicule, il lui dit. Je vais mieux digérer, répond-elle.

Et comme si ses phrases à elle pouvaient clore le débat. Ce n'est pas du beau bois, je sais ce que c'est, moi, ça, ce n'en est pas. Durant les vacances, elle entend faire dominer ses goûts et ses valeurs, supplanter Phil et ses origines. Elle ne passera pas un été de plus avec ce meuble.

Ce buffet m'empêche d'écrire !

Elle invoque la raison suprême. Pour que ça passe. Pour que Phil ait pitié, car tout ce qui touche à la création le touche. Mais se débarrasser du buffet – ce qui, selon elle, serait une étape majeure de la psychanalyse de Phil – est trop violent. Comment peut-elle juger de ce qui fait avancer Phil, si tant est que l'*on avance dans la vie* ? Pathétiquement, Anne va plus vite que la musique. Elle saute les étapes du respect et du juste déroulement des événements car elle a peur de la lenteur, peur de mourir sans connaître l'harmonie, la paix autour d'elle et avec Phil, peur de tomber dans la tombe avant même d'avoir soufflé, et d'y tomber malheureuse. Il faut rompre l'ordre naturel des choses, accélérer le processus conscient-inconscient-souvenirs, *get rid of* le buffet. Elle fera face à la crise de Phil.

Le hic : le buffet pèse une tonne.

19

À force d'acharnement, à force de se prendre pour un mec, Anne se trouve coincée sous le buffet qu'elle a réussi à basculer, tel un grand reporter dans les décombres de la guerre. Les deux portes vitrées sont ouvertes et la vaisselle manque de tomber, mais elle garde le meuble dans un tel équilibre que ça tient. Elle le porte dans ses bras, comme le canapé avant, comme un bébé. Elle ne peut pas lâcher.

C'est lourd, il fait chaud. Elle transpire, la sueur coule entre les omoplates. Mais c'est moins pire qu'à Paris. Ici, ça sent la nature. Anne réussit à poser au sol les quatre pieds du meuble. Alors que Phil arrache les ronces derrière la maison, elle débarrasse la vaisselle des parents, vieux plastique, mauvaise porcelaine. Elle va lui garder quelques trucs. Quelle peste, pense-t-elle, mais quels goûts de chiotte. Quand elle a proposé de peindre le meuble dans une couleur *originale*, il l'a contemplé, sceptique, a répété la phrase, C'est du beau bois, quand même. Elle regarde dans les yeux la photo des parents. Mais qu'est-ce que j'ai fait au bon Dieu ?

Elle doit pondre un p... de second roman, histoire de ne pas disparaître de la circulation. Si tu ne me livres rien à la rentrée, tu es comme morte, a dit l'éditeur sûr de lui, parisien, snob, de derrière son bureau. Coincé entre les piles de manuscrits et de livres. Le fauteuil sur lequel elle est assise est plus bas que le sien. Anne a ressenti un grand froid. Une fois dans la rue, elle a refoulé la sensation, se persuadant que son éditeur l'aimait et ne voulait que son bien.

Les mots ne lui viennent pas.

Elle n'a pas de sujet marquant, d'actu, type fiction sur fond de réseaux sociaux, ou la nana qui retrouve un corps de migrant sur sa plage privée. La maison, lin blanc, grands canapés profonds, ouvertures sur la mer, cotonnades. Une pandémie, un drame individuel. Une « petite dernière », rebeue et lesbienne. Un consentement. Quelque chose qui se vend, pas une bourge avec vue sur le jardin du Luxembourg qui passe ses vacances dans le Médoc.

20

C'est l'arbre qui cache la forêt. Ou. La forêt qui cache l'arbre.

Ça tourne depuis quelques jours dans la tête d'Anne. Cette expression. Elle s'emmêle, ne sait plus dans quel sens on la tourne.

La forêt – que Phil arpente à longueur de journée quand il ne disparaît pas dans sa chauffeuse fleurie – est envahissante mais vaste. Un terrain à découvrir. L'arbre est évident, bête comme un arbre. Un tronc sur lequel on bute, contre lequel une voiture vient s'emplafonner, un tronc qui tombe avec la tempête, barre la route, casse le toit.

La forêt est immense, elle fait peur, elle est mystérieuse.

Plantée devant les arbres, devant un arbre, Anne obsédée par le besoin d'en couper pour voir clair, pour que l'horizon se dégage.

On dit : l'arbre qui cache la forêt. Ne pas voir l'ensemble, se fixer sur un détail. *Petit Robert*.

C'est bien ça.
On est en plein dedans.

21

À l'avant – la partie visible de la route –, le laurier envahit ce qui pourrait s'appeler un jardin. Il y a donc depuis la route : le *jardin*, la maison et derrière la forêt, après, après. Un trois temps. Sauf qu'on ne danse pas. Ce qui est vu par les autres, là où l'on vit et ce qui est caché. On entretient l'ensemble comme on peut. Le laurier-palme mesure six mètres de haut, autant que la maison, et dix mètres de large. Grossit à vue d'œil. Comme une touffe de rasta. Bouffe la lumière. Phil répète qu'on a besoin d'ombre pour garer la voiture. Anne pense qu'on doit couper, élaguer, ratiboiser, retrouver le soleil, voir le ciel. Vivre. Pas survivre. À deux pas du laurier, un sapin immense dont les branches vert-noir balaient le sol, un châtaignier, le figuier qui ne trouve pas la force de grandir, un pin d'Amérique, en gros de beaux spécimens plantés si proches les uns des autres qu'ils étouffent.

Y a-t-il moyen de respirer ?

Cet été, elle le passerait à couper. Un point c'est tout. Quitte à lui couper les couilles.

22

Tout ça la crève. Ce vase clos. Ces pensées en boucle. Cette envie de sortir de là. La volonté de changer les choses. Le soir, elle est crevée, et parfois le matin, le midi, après déjeuner. Et ce soir. D'avoir ruminé, crié, à propos des tâches domestiques – machines de linge, toiles d'araignées, odeur de renfermé, récupérer l'irrécupérable –, tâches féminines, discussion vouée à l'échec.

Aujourd'hui elle n'a rien écrit. Elle écoute d'une oreille Michel Onfray exploser les ondes de son savoir, prendre toute la place, tant pis pour les autres, et regarde tristement traîner son mouchoir plein de larmes sur la table basse.

Peut pas faire des pauses ? dit-elle à haute voix. Espèce de con.

L'évier est rempli de vaisselle sale, celle-là, elle va la laisser à Phil.

Elle se brosse les dents énergiquement pour reprendre le dessus, du poil de la bête. Ça bousille les gencives mais tant que ça tient. Avale deux Prontalgine – il lui en reste une boîte –, ça shoote, elle s'enfonce la tête dans l'oreiller, se rapproche du bord du lit. Quitte à tomber. Demain je coupe le laurier. Elle sombre.

23

Très tôt. Anne se lève, avale un café, du pain et de la confiture. En silence. Elle a choisi le grille-pain manuel silencieux, le Moulinex qui ne fait pas sauter les tartines. Même si ça crame une fois sur deux, il ne fait aucun bruit. Les êtres humains, au petit déjeuner, elle les aimerait comme des Moulinex. Dans le jour qui se lève doucement, elle regarde le laurier d'un œil noir. Elle attend la voie libre. Le *kairos*. Le moment opportun pour agir. Pas avant, pas après.

Elle profite de ce que Phil va faire un tour chez Mr. Bricolage. Anne doit faire vite. Puisqu'elle ne peut pas toucher à la scie sans qu'il lui donne des conseils d'homme à femme, elle va, en son absence, s'en servir. Pour scier. Ouvrir le garage, actionner l'interrupteur, distinguer dans le fatras l'outil et aller au jardin. Bourrée de culpabilité et de doutes – car elle sait que Phil en sera malade –, elle avise une branche, une grosse, qui, pense-t-elle, une fois coupée, éclaircira l'ensemble. Le laurier-palme a une multitude de troncs partant comme un bouquet de la surface de la terre, des racines gigantesques. Il s'est tellement répandu qu'il est devenu double, deux gros bouquets de troncs surmontés d'une multitude de feuilles. Phil n'y verra que du feu. Et puis merde, s'il s'en rend compte après tout ! Ni une ni deux, elle scie non sans mal le tronc. Un paquet de branches s'abat au sol dans un bruit de frottement de feuilles. Puis plus rien. Silence. C'est énorme. Vu de loin, ça n'a rien changé, mais c'est impressionnant au sol, étendu, ce qu'elle a retiré. À côté des branches, un nid est tombé. La totale donc, non seulement elle assassine la flore, mais aussi la faune. Le nid, elle va le cacher rapidement dans un fourré, où Phil n'ira pas. L'arbre, elle l'empoigne comme un mort par le bout du tronc et le traîne jusqu'au tas de branches coupées par Phil. Elle le scie en plusieurs morceaux.

Il fait chaud.

Elle entend le moteur de la voiture, Phil a l'air satisfait au volant. Mr. Bricolage, c'est thérapeutique. Depuis les fenêtres de la cuisine, elle le regarde claquer la portière de la voiture et s'avancer vers la maison. Quand il ralentit et regarde en direction du laurier, son visage se crispe. Bien sûr, elle l'a fait, bien sûr, elle a encore scié sans son consentement et elle pense que ça ne se voit pas et elle le prend pour un con. Anne sort de la maison l'air de rien, histoire d'anticiper.

Tu as coupé l'arbre ? dit-il froidement.

J'ai scié une branche, je n'ai pas coupé l'arbre, comme tu dis.

Tu peux prévenir.

J'ai pas le droit de toucher à la scie ? On n'est plus en 1950 !

J'ai pas dit ça mais qu'est-ce que tu as à tout vouloir couper ? En quoi il te dérange ?

Je ne veux pas tout couper, j'élague ! Il y a trop d'ombre dans la maison. Tu préfères mourir étouffé, crever la bouche ouverte ? J'étouffe, moi ! Ce laurier m'oppresse !

Tu ne peux pas penser à autre chose ? Faire autre chose ? Qui te parle de mourir ?

Ils tournent autour du laurier. Comme autour du pot. Le visage fermé, les nerfs. Les grosses branches du laurier touchent le sol et remontent vers le soleil.

Mais tu as coupé cette branche ? demande Phil dégoûté.

Quoi, cette branche ?
Celle qui passait sous la terre et ressortait ?
Quoi ?!
Tu ne vois pas les mouvements de l'arbre, son originalité ? Pour toi, les choses doivent pousser droit, un point c'est tout. Tu vas à Beaubourg mais tu coupes tout ce qui sort de l'ordinaire !
Je coupe ce qui m'étouffe et me fait de l'ombre. Ça va ! Tu te prends pour Deleuze ou quoi ? Lui d'ailleurs aurait tout coupé, il aimait l'herbe, pas les arbres ! Les rhizomes, ça te dit quelque chose ? La prochaine fois, je prends la tronçonneuse !
Tu ne prends rien du tout !

Le reste de la journée, elle le passe dans sa tête. Elle se souvient vaguement de l'herbe, de rhizome, le mot « rhizome ». Que Deleuze n'aimait ni les animaux domestiques ni les arbres. Elle ira chercher plus tard dans ses livres. Il y a aussi « fêlure », dans Deleuze, l'histoire d'une assiette. Forcément à l'échelle d'une vie, ça parle. Fallait qu'elle trie la cuisine, qu'elle trie la vaisselle. Elle n'aime pas les artistes, les écrivains qui citent Deleuze. C'est non-stop. On peut tellement tout caser de ce qu'on ne comprend pas, l'abécédaire, l'alcool, le suicide, la déterritorialisation, les salles de cours remplies à craquer d'étudiants fumant des cigarettes. C'est glamour. Plus facile que la *Critique de la raison pure*. Même si personne n'y comprend rien, on peut toujours prendre l'air inspiré, intensifier son regard, se mettre un coup de crayon noir. On dit Deleuze et c'est bon.

Et elle était tombée dans le panneau.

24

So what ?

Elle s'énerve, trépigne, tape du pied, jette ses fringues en l'air, fout tout par terre, des coups dans le lit. Brandit la tronçonneuse.

Tu es hystérique, lui dit Phil.

Facile.

Si ce n'est peut-être une piste, elle a peur, peur d'être cueillie par la mort au mauvais moment. Au moment où elle n'est pas satisfaite de sa vie, en vieux tee-shirt de nuit coincée sous le buffet, pas peignée, pas douchée. Après, elle ne sait pas non plus ni comment, ni quand elle aimerait être cueillie.

25

Parce qu'elle appréhende ce qu'il y a au bout. Route de Coudessan.

Je ne vous verbalise pas cette fois, a dit le gendarme. Savez-vous comment on appelle cette route, madame ? La route des morts. Alors s'il vous plaît, attachez votre ceinture.

C'est comme ça qu'elle a su.

Chaque fois qu'elle emprunte cette route, elle a en tête les croix qu'on plante avec la photo du mort à côté.

Chaque jour vers 17 heures, quand le soleil brûle moins, Phil et Anne prennent la voiture de loc grise, lambda. Avant ça avait de l'allure, les couleurs, les formes. La 205, la R5. C'était mieux avant ?

Ils sortent par-devant, là où il devrait y avoir un portail. Et une clôture. Ils sortent de nulle part, en somme.

Tournent à droite sur le chemin du Verdon, dépassent les maisons jusqu'au potager qui fait l'angle avec le chemin des Cerisiers. Anne et Phil viennent y chercher les légumes, chez la maraîchère la plus riche du pays. Du style à avoir les biffetons sous le matelas. Phil baisse sa vitre et salue son mari. Les parents de Phil connaissaient ces gens-là, ils se recevaient pour boire le café, entre voisins ça se fait.

La radio dans la voiture. France Culture. Non-stop. Des phrases. Qui durent. Ils écoutent des écrivains, des peintres, des musiciens et ils enragent un peu tous les deux de ne pas en être arrivés là.

Après le potager, on tourne à droite pour aller toujours tout droit, vers l'océan. Un océan qu'Anne ne connaît pas, qui lui fait peur avec ses trous et ses baïnes, ses vagues démesurées dans lesquelles bizarrement Phil se jette comme un enfant.

Je ne suis pas habituée à cette mer-là.

Comme s'il y avait des mers qui vous laissent tranquille.

La route vers l'océan, bordée de forêts de pins, mais pas que, on n'est pas dans les Landes. On est plus haut sur la carte, plus au nord, avec d'autres arbres. Anne ne reconnaît pas les chênes. Et ne cherche pas à les reconnaître. Elle appréhende la foule à Montalivet, la foire en plein milieu de la rue principale avant d'arriver à la plage. Musique, gaufres, saut à l'élastique, stand de tir, canards, en plein soleil. Y a que les auto-tamponneuses qui lui plaisent.

Elle pourrait faire abstraction. Regarder devant elle l'étendue à perte de vue, sans rien qui arrête le regard.

Mais justement. Les rochers. Une île. Une digue. Un petit port, les voiliers dans un sens, dans un autre. Les obstacles de son enfance lui manquent.

Les surfeurs ne s'éloignent pas à plus de cent mètres du rivage, des enfants et la mer, un jeu. Et cette façon qu'ils ont de descendre en courant la dune, bombant le torse dans des combinaisons acryliques, braves pingouins à laisser les femmes derrière eux, pas de quoi frimer finalement. Et l'océan qui n'en finit pas. Comment se mesurer à tant d'infini ? Comment se laisser aller ?

C'est une autre mer à découvrir. Pas celle de l'enfance. Qui malgré tout vous attache, vous plaît, vous y faites référence, vous la trouvez plus belle que toutes les autres.

26

Il y a bien des plages désertes et sauvages, plus loin sur la côte, sans personne à se tartiner le cul sur le sable, mais Anne et Phil se méfient du danger. Ils préfèrent la baignade surveillée. Un point en commun. C'est pas glamour mais, sans se l'avouer, ils se sentent aussi moins seuls. Enfin c'est un drôle de coin, à devoir profiter de la mer dans un intervalle de vingt à trente mètres – la baignade –, à se ramasser une vague, puis une autre, sans jamais pouvoir aligner une longueur de brasse, sans pouvoir dépasser la limite, la barre, marquée par la grosse vague devant, sans pouvoir faire la planche en étoile à regarder le ciel bleu. Paf le chien, paf la vague dans la figure, le maillot qui se décroche, le sein à l'air – *Couvrez ce sein que je ne saurais voir* –, le bikini rempli de sable jusque dans les fesses, la vague qui fait tomber violemment et le corps qui roule, le visage griffé par le sable caillouteux. À la sortie, l'orgueil en a pris un coup, on se redresse l'air de rien. L'air de rien du tout. Ces vagues de l'Atlantique faites pour les enfants, les adultes à âme d'enfant et les surfeurs dont le corps musclé jamais elles ne flagellent. Donc pas faites pour Anne.

Elle a opté pour un maillot une-pièce qui gaine le ventre, rassemble la chair dans le lycra, et lui évite de perdre le peu de ce à quoi elle ressemble.

27

Le poids de la maison tombe sur le cœur. Anne installe deux assiettes pour le dîner. Phil est dans la chauffeuse fleurie. Son corps entier s'inscrit dans le tissu. Les fleurs se tordent. Il griffonne sur un gros carnet à spirale. Cet homme sous ses yeux. Pas un con. Les traits de son dessin sont subtils. Il regarde ce qu'il a sous les yeux, concentré, tendu, passant de l'objet à la feuille, là où d'autres feraient des blagues bidons. C'est pas si mal d'en être là. À chercher le sens, à avoir conscience de la mort, à s'inquiéter. On ne peut pas rire de tout.

Tu sais, je me demande si la présence de cet écrivain au bout de la rue ne m'empêche pas d'écrire. Quelle idée a-t-il eue de s'installer dans le coin ?

Écris. Phil n'arrête pas de griffonner. Ne relève pas le nez de la feuille. Tu sais bien que tu n'as qu'une seule chose à faire. Écrire.

Anne s'en prend à ce type parce qu'elle ne peut pas s'en prendre toute la journée au buffet. La présence de cet écrivain à quelques maisons de là la met mal à l'aise. Dans ce bled, il a fallu qu'il atterrisse sur le même chemin.

28

Le type, ils l'ont rencontré un soir qu'ils cherchaient un peu de vie dans Naujac. Le soir, ni café, ni tabac, ni place, ni fontaine, le résultat des ronds-points à hypermarchés. Juste des routes et des maisons, et des chemins de terre s'enfonçant dans les forêts. Pas un rat, pas une âme. L'ancien bourg est de l'autre côté de la nationale, ils pourraient bien la traverser, mais le café a fermé ses portes depuis belle lurette. Quand ils sortent le soir, ils font toujours la même boucle autour du même pâté de maisons.

Le type est apparu. Sorti en silence – comme un chat – d'une maison basse. Jean noir usé, chemise de lin aux manches retroussées, mince ou maigre. Ongles de pieds longs dans des spartiates, dos voûté et regard délavé. Pas vieux, la cinquantaine. Un hippie, illuminé, yogi, peintre perdu, isolé, seul, personne. Pouvant faire quoi dans la vie ? Peut-être rien, il n'y a rien à faire dans ces régions. Pas de boulot, pas d'argent, rien. À part agriculteur, vigneron, vendeur de fromages. Comment gagner sa vie ici ? Comment manger ?

Ils se sont salués, souri.

Il tombait à pic. Entre chien et loup. L'homme a dit de passer un de ces jours prendre le café, ou un jus. Ce qu'ils ont fait. Une semaine plus tard pour ne pas avoir l'air.

On arrive à sortir du huis clos, à traverser la route, on ne sait par quel effet du Saint-Esprit.

On saute trois, quatre, cinq maisons, une petite route. On s'intéresse à autre chose que le couple. Et les deux se mettent à fonctionner ensemble.

29

Ils entrent chez lui. L'homme balaie, elle le verra souvent occupé à cette tâche. La confusion ressentie le premier soir disparaît. Est-ce le soleil ?

Ils n'entrent pas dans la maison, pas dans l'intimité, mais dans la dépendance qui fait l'angle. Une vaste pièce baignée d'air frais, les murs recouverts d'étagères de bois et de livres. Poches, grands formats, BD, SF, cuisine, art de vivre, littérature, poésie. Lui grand sourire, dans la même tenue, même jean, même chemise, mêmes sandales. Ascète, le type. Il finit d'écrire le mot bouquinerie sur un panneau de bois rectangulaire. Anne comprend qu'à deux pas de chez eux, dans Naujac désolé, elle pourra acheter tant qu'elle voudra des livres d'occase. C'est pas beau, ça ? Elle se sent moins seule, moins triste, soutenue. Il y a maintenant *tout ce qu'il faut* au milieu de nulle part.

L'homme se tortille. Déhanchement du bassin, des épaules. Il sourit énormément aussi, ouvre de grands yeux quand Anne ou Phil ouvre la bouche. Pour dire ce qu'Anne prend pour des banalités. Il s'étonne des mots, des phrases, rit, re-sourit. S'émerveille.

Les trois assis sur la terrasse ombragée, sur des canapés bas, cadres de bois et long coussin. Une femme menue, ne pouvant être que sa femme, en jean et tee-shirt simple, pas apprêtée, voire *roots*, les bras musclés et fins, passe furtivement à ce moment-là. Elle dit bonjour de loin – cela est pris pour une forme de liberté – et entre dans la maison.

D'où venez-vous ? commence-t-il. Paris... Ah ! Il me semble vous connaître... Il laisse un temps. Mais bien sûr. Il claque la main sur son genou. Suis-je bête ! Il rit, ses yeux brillent. Pourquoi brillent-ils autant ? Anne, j'ai lu votre roman ! Mais c'est fantastique. Cette langue ! Vous ne trouvez pas ? Ah, bien sûr ! Et vous, Phil, c'est bien Phil ? Il sourit fort, son sourire tient quelque temps suspendu, Phil répond timidement que oui, il peint. Phil est peintre, ah !

Sur ce, il se tait. Se faufile épaules basses, tête en avant, pour aller chercher les cafés qu'il a proposés. Trois tasses. Ils continuent sur cet air de découverte, d'émerveillement. On se croirait au Festival de Cannes. Tout a de la valeur et surtout soi-même, son œuvre. Ça prend le temps dont on a besoin pour créer l'illusion. La Croisette de la littérature. Comme un brouillard au fond de la tête, Anne cherche ses pensées, a-t-il lu son livre ? Non, il ne l'a pas lu. Il est passé trop vite à autre chose. Facile de faire semblant.

En général, Anne a les pensées floues, elle exprime difficilement ce qu'elle veut dire. Elle court après les mots qui courent eux-mêmes loin devant elle. Ça a l'air de l'émoustiller, l'écrivain, dont elle apprend rapidement qu'il publie dans une maison d'édition prestigieuse. Elle joue aussi de ces trous de mémoire, ça fait littéraire, le côté obscur et confus des auteurs, qui pousse l'autre à demander Mais que voulez-vous dire ? et relance la conversation. On avance comme ça sans savoir. Parce qu'on a rien à foutre de ses journées, à part écrire, penser, réfléchir. Ça n'a rien d'un boulot normal. C'est du luxe. Et elle s'en veut à fond. Pas ce gars-là. Lui. Il pavane discrètement. Il sait l'importance du langage. Il assume.

Il s'est présenté, l'écrivain, a prononcé distinctement son nom, Mazeau, puis l'a épelé. Oui, pas maso. Anne le connaît de nom, pas lu, elle lira. Ils décident tous les trois sur leur banquette de s'appeler par leurs prénoms. Nicolas, Phil, Anne.

Où vivez-vous ? Mazeau se lèche les babines. Un chat, la souris. À deux pas du jardin du Luxembourg ? Il appuie sur Lux. Vous m'en direz tant ! Re-sourire tiré à quatre épingles. Quand je vivais à Paris, et Dieu sait que j'y ai passé du temps, j'allais toujours dans ce petit café. Il cherche le nom. Trouve. Le Fleurus !

Anne dit qu'ils habitent juste en face, au numéro un.

S'entendre répondre toujours la même chose. Quelle chance.

Anne est une veinarde.

Elle connaît par cœur. La chance de vivre avec vue sur un jardin que le monde vous envie, attendre de mourir. *No* doute, *no* question.

Ses fenêtres donnent sur la terrasse du café.

Elle dit que parfois elle n'arrive pas à se concentrer car elle regarde les gens à la terrasse. Mais quelle chance, quelle chance, quelle chance. L'écho de la chance. Anne parle de sa vie, sa maison, Paris, le numéro un de la rue de Fleurus. Qui lui colle à la peau et au cul.

L'habitude de s'y retrouver, de se retrouver dans ses petites affaires, sa petite vie, ses petits repères, mine de rien elle respire mieux.

Restez-vous tout l'été ? Sachez que la porte est ouverte, soyez les bienvenus.

Anne flattée. Mais si quelqu'un doit être le bienvenu – dans le bled –, c'est lui, pas eux.

30

Épisode 2. Sirotage de café. Phil et Nicolas se parlent. D'un air entendu. Elle n'entend pas. Une rose de jardin effleure son bras. Ravissante rose pâle bien entretenue. Non, l'écrivain n'est pas son genre. Elle se demande comme toujours en face d'un homme comment il peut être au lit, il ressemble tout entier à une langue qui vous lèche. Il n'est pas si mal pourtant avec ce quelque chose de maigre, sec. Ces yeux bleus. Il doit bien bander.

Elle l'imagine rêvant, poétique, après l'amour. Pénible. Allongé, longtemps, le bras quelque part sur la femme, alangui. Elle préfère quand c'est rapide. Déteste l'idée d'y passer la nuit. Dans *Elle*, une actrice : « Votre nuit d'amour idéale ? – Quand on fait l'amour, qu'on discute, qu'on mange, qu'on refait l'amour jusqu'au bout de la nuit. » Au secours, les corps emmêlés. Nicolas parcourt la maison nu, prépare le café la bite à l'air, tranquille. Et la femme remplie d'admiration boit ses paroles.

Anne n'est pas son type non plus.

Premier café, atomes crochus, premières pensées que quelque chose lui déplaît.

Nicolas raconte une histoire qui la sort du sexe. La femme de ma vie a toujours rêvé de vivre sur l'Atlantique : Avant de mourir, je veux vivre sur l'Atlantique. Depuis toute petite, elle ne veut pas manquer l'océan. Alors ils sont partis à moto, Nicolas l'a emmenée, la femme de sa vie, il répète, dans le vent du Médoc, sur cette terre comme un delta, affrontant les embruns, les nouveaux espaces, ne connaissant rien encore de ce peuple très à part. C'est un pays hors du commun, dit-il en appuyant encore son sourire.

Ils l'ont trouvé tous les deux, ce lieu idéal, idyllique. Eux, ils ont eu la trempe de trouver, sans le sou, avec pour seul bagage la moto, trois culottes et c'est tout. Ils ont pris le risque, ils sont libres.

Anne se rétrécit sur sa cotonnade grecque, indienne, sud-américaine. Avec ses manies, son buffet, ses angoisses, son enfermement. Elle les voit, amoureux, le nez au vent, bras de la femme serrés autour de la taille de l'homme, vieux cuir, quelque chose qui ne lui est jamais arrivé. Sur la route, avec pour unique but de s'installer, non pas s'installer, mais Vivre avec un grand V près de la mer. Sans Buffet. Avec un grand B.

En quittant Paris, Nicolas, l'écrivain, a craint qu'on ne l'oublie, mais l'éditeur ne l'a pas oublié, au contraire. Il continue à publier à la même fréquence, intensément.

C'est une chance, pense-t-il à voix haute.

Tu l'as dit, bouffi.

Un film est au montage tiré d'un de ses romans, il a participé à l'écriture du scénario, entreprise passionnante vécue sur sa terrasse – la coscénariste, Claire D., s'est déplacée dans le Médoc à chaque grande étape du travail. Vous imaginez, si je m'y attendais, je travaillais avec le ciel au-dessus de moi. Et la loi morale en toi, pensa Anne. « Deux choses remplissent le cœur : le ciel étoilé au-dessus de moi et la loi morale en moi. » Ouverture de la *Critique de la raison pratique*, Kant, souvenir d'études philosophiques. La loi morale, tu l'as en toi ?

Avec l'avance du scénario, tourné avec Sophie Marceau et Daniel Auteuil – charmants, passionnants –, il a pu payer d'un coup la maison et la banquette sur laquelle vous êtes assis. Il s'esclaffe. Certes une maison modeste, mais quelques pierres, ici et là, une maison que nous avons gentiment reconstituée.

Ça l'agace, cet air de ne pas y toucher, l'apparente facilité à restaurer une vieille baraque, en même temps ça l'excite d'habiter à deux pas d'un écrivain. Ça la met en jambes. Elle retrouve de l'énergie. Pourtant Nicolas la bat à plates coutures sur le terrain de la maison et de la littérature.

31

Sur le chemin du retour, sur la route. Silence dans les arbres.

C'est joli, cette maison qu'ils ont. C'est super d'habiter pas loin. Tu as vu comment le jardin est dégagé. C'est dingue, tu y crois, toi, on est à deux pas de chez Nicolas Mazeau. Je vais le lire. Il est sympa en plus, il nous invite à boire le café, nous dit de revenir. C'est pas comme à Paris, ici les gens sont cool. Et puis c'est génial cette librairie en pleine nature, complètement perdue au milieu de nulle part. Avec des bouquins carrément pas chers. Ça va nous faire du bien.

Elle ajoute.

Mais tu n'as pas l'impression qu'il s'écoute un peu ? C'est bizarre, il ne demande même pas où on habite. C'est pénible, ces gens littéraires, comme ils se la pètent et leur air inspiré, sa maison, ses arbres, et la culture, cette façon de parler.

Anne s'étrangle à moitié.

Bon, enfin, il est agréable, et ouvert d'esprit. On pourra aller acheter des bouquins... Et puis c'est dingue une librairie au milieu des paysans, vignerons, ronds-points, Carrefour, Leclerc. Ça a de la gueule. Y a qu'en province qu'on peut faire ça.

Anne a tout fait lors de cette première rencontre pour montrer son second degré et son humour, son intelligence, pour qu'il comprenne qu'elle n'était pas conne. Elle cite cet homme qui a écrit un poème à l'usine sans point ni virgule. Une claque. Elle sort de ce livre d'une journaliste de *Elle* sur le suicide de son frère. Vif, vivant. Elle replace le bouton de son chemisier d'été négligemment. Elle a rangé ses Ray-Ban dans son sac, on peut bien affronter le soleil, ne pas passer pour une bourge. Elle saccage volontairement les négations, inverse le début et la fin d'une phrase, se rattrape, passe du coq à l'âne. Une spécialité. Elle n'en dit pas tant que ça. Rit intérieurement. Ça se sent extérieurement.

32

C'est une série de rencontres. D'entrevues. Être trois dans la librairie.

Anne tient un bouquin ouvert. Phil aussi. Nicolas balaie et en balayant il raconte le coup de cœur enseveli sous la végétation. Deux bicoques de rien si ce n'est de pierre médocaine. Avec l'amour de sa vie, il répète, l'amour de sa vie, ils ont libéré le grand arbre – il le pointe du doigt – de ses parasites, épineux, à coups de binette, pioche, cisaille. Ils ont installé une librairie de campagne – un hôpital pour âmes en quête de sens – dans la partie la plus proche du potager, pour que livres et légumes soient logés à la même enseigne.

Notre but n'était pas de vendre, vous comprenez. Mais de concrétiser un rêve. Vous me suivez ?

Est-ce qu'on a l'air de ne pas suivre ?

Ils ont retapé, soigné les bicoques, la nature autour, amoureusement. Ils ont vissé amoureusement, dévissé les planches de bois, assemblé. Ils se sont envolés dans ce désir à deux pas des vagues de l'océan, de la forêt et de ses mystères.

Anne met bout à bout les activités du gars. Il écrit le matin tandis que sa femme vend au marché les livres d'occasion. Il ouvre jusque tard le soir. Passe le balai, attend le visiteur.

Le balai est l'outil favori. Une thérapie, un art de vivre. Le balai lui permet de parler en toute humilité de Faulkner, de *L'Attrape-cœurs* ou de Simenon, qui soit dit en passant ne reconnaissait pas sa femme dans la rue. Le balai, c'est l'outil politique ! chuchote-t-il en secret. Et se place au même niveau que le péquenaud du coin bien obligé d'astiquer sa baraque sans groom ni bonne.

Et n'oublions pas que les écrivains ont, pour la plupart, des problèmes matériels. Ajoute-t-il. Il ne leur reste parfois que le balai !

Est-il conscient de plaquer Anne par KO, avec dans l'estomac sa rue de Fleurus et la bourgeoisie tout entière ? Anne repousse l'idée. À ce moment-là, elle bave littéralement de fantasme. L'écrivain mêlé d'un homme pratique. Métaphysique et *praxis*. La maison est définitivement fraîche et l'herbe plus verte qu'ailleurs. Plus la peine de tortiller du cul et de se dire que non. Si, elle est belle, sa maison. Ancrée dans le présent, soignée par des gestes quotidiens, tournée vers l'avenir, avec un passé apparemment bien traité, poli, digéré. Ce dont elle rêve.

Cet été-là, elle se reposera sur cette autre vie. Une vie d'écrivain semblable à la sienne. Mais sans les tourments, le *pathos*, les tracas du quotidien, l'exaspération que peut susciter un buffet. Anne fera les allers-retours entre les deux maisons, pour le croiser le plus possible, en se promenant le soir, prenant un air détaché si jamais il se trouvait sur la route, un peu comme lorsqu'on est amoureux. Elle est soudain pleine d'espoir, se trouve ragaillardie, avec le sentiment de faire partie d'un tout.

Si Anne achète des livres chez lui, il lance toujours un grand Bienvenue ! Je te laisse, sens-toi libre !

Cet accueil, quasi à bras ouverts, et la suite. Elle est seule sur le chemin du retour, de chez lui à chez eux, deux cents mètres environ avec un virage, Anne a l'âme confuse et lourde, le cafard, le blues, rattrapée par la campagne et le chant des oiseaux, mais pas un bistrot à se mettre sous la dent, les odeurs de feu de bois qui lui donnent des migraines. De loin, elle aperçoit le laurier, cette foufoune géante, et quand elle se réinstalle pour travailler et tenter de dépasser la page un, l'arbre se reflète dans son écran et envahit l'ordinateur.

Cet été-là, elle va osciller, faire le yoyo, douter de lui, d'elle, de l'ouverture d'esprit des uns et des autres. Le duel au soleil.

Et l'autre qui vous révèle, l'écrivain qui vous ouvre les yeux. Ah ! Vous faites partie des gens qui aiment les nuages !

Et Anne batifolant du cul intérieurement, fière comme Artaban d'être reconnue.

Puis, une fois la pensée remontée du cul au cerveau, exprimant à Phil son désarroi, nous faisons donc partie d'un groupe de gens qui aiment les nuages, une sorte de Rotary Club des nuages, j'aime les nuages, oui, *so what ?*

33

Il parle bien. Nicolas les a pris de court avec ça. Un vocabulaire riche, recherché, chiadé. Il n'en finit pas de remonter l'origine des mots. Sa littérature repose là-dessus. Et puis tiens, elle prend un livre à lui pour vérifier et ne trouve pas tant que ça de phrases alambiquées. Merde, où est-elle allée pêcher ça ? Qu'imagine-t-elle sur les littéraires, les écrivains, les artistes, tous ceux qui font la culture et nous emmerdent finalement ? Dans quelle boîte a-t-elle rangé Nicolas ? Il n'a rien demandé, mais ne l'a pas volé. C'est son corps qui parle littéraire.

Et ses étymologies, tournures grammaticales, langues mortes, patois, exprimés avec le panache d'un conteur, soutenus par l'expression de son visage et les mouvements de ses bras, ronds, dansants.

Anne rêve d'un livre rapide à lire avec un langage de caillera. Elle aime Ponthus, mort à quarante-deux ans, et ses vers d'usine, on parle comme on respire ou comme on tire les bêtes mortes crochetées sur les rails de l'abattoir, elle aime Fatima la petite dernière, lesbienne et rebeue, assise à chaque début de chapitre sur son strapontin de RER à Clichy-sous-Bois, elle aime elle aime. Elle n'aime pas le *Garden of Luxembourg.*

Savez-vous d'où vient le mot « huppe » ?

Anne et Phil assis côte à côte secouent la tête.

Non, pourquoi ?

Qu'est-ce qu'on s'en tape, de la huppe.

Une huppe est un petit animal, rare, que l'on trouve dans la région du Médoc, avec une houppe sur le sommet du crâne. Elle est très élégante, colorée, rayée, mais ne se nourrit que de saleté. La huppe fait ce son : Houp, houp ! Belle métaphore de certains humains, vous ne trouvez pas ?

Ils l'appellent Houp, houp, et chaque fois qu'ils s'en vont à l'océan, ils crient dans la voiture houp, houp ! Comme deux idiots, ça les fait marrer. Ils ne klaxonnent pas mais c'est à deux doigts.

Ça les rapproche.

34

Elle lit le dernier Carrère, *Yoga*, que les filles se sont arraché en raison du titre, puis ont relâché en raison du contenu. Le yoga oui, mais pas les électrochocs. Les filles n'en ont rien à foutre de Trungpa Vipassana. Elles mangent du nan au fromage et du gomasio et jettent Carrère + philosophie à la poubelle. Ce qu'elles veulent, être canons pour que leur mari ne les trompe pas, ou pour tromper leur mari, c'est selon. Respirer, non.

La définition de la méditation par Carrère : « Apprendre à ne pas juger, en tout cas à juger moins, un peu moins. C'est abdiquer cette position de surplomb qui est à la fois une faute morale et une erreur philosophique[1]. »

---

1. Emmanuel Carrère, *Yoga*, P.O.L., 2020.

35

Elle lit tous les livres de Nicolas. Les trouve tous bons.

36

Un soir, pour se changer les idées, Anne a envie d'aller dîner à Vendays. C'est à six kilomètres. Il faut aller à Vendays. Manger. Un plat consistant qui vous en bouche un coin.

En face de la pizzeria, qui n'est pas bonne, et à deux pas de l'église, il y a Guétharya. Un restau basque. Avec la télé, des habitués, la patronne aux petits soins. Le chef cuisine des omelettes au chorizo. On commande une côte de bœuf pour deux et une bouteille de vin rouge.

Ils avalent la viande saignante. La côte est encourageante. Depuis qu'ils sont arrivés à Naujac, Anne boit plus que d'habitude. Elle reprend des forces à vider la bouteille, pense à la Bretagne – d'où elle vient – et à l'alcoolisme. Elle aurait aimé être alcoolique pour se foutre de tout. Elle ne sait pas la souffrance de ça. C'est encore une image, comme celle de l'écrivain qu'il faut devenir.

37

Anne remarque que, lorsqu'elle s'éloigne, ou quand le couple Phil et Anne s'éloigne de la maison, le désir de couper ratiboiser s'estompe. C'est précis, le moment où elle commence à oublier. Lorsqu'on met la clé dans le contact, le moteur en marche et qu'on accélère sur la route. Ça soulage, le vrombissement du moteur. C'est un truc qui lui revient de l'enfance, à rouler dans le port – quais, cargos, marques de franc-bord, hangars – à toute berzingue, la mère au volant. Des conteneurs aux noms de cités lointaines, des ponts, digues, sémaphores, des eaux sombres, du calme, brut de décoffrage. On échappe à ce qui peine en roulant, en voyant plus loin, au-delà du volant, on avance et on découvre un autre paysage, sa ville, mais sous un autre angle. On va jusqu'à l'opposé du port, vers les falaises.

Un peu comme de lire dans le métro, sur un strapontin, le moteur toujours sous le corps.

Les pensées s'allègent si on roule vite. Sur la route qui mène à l'océan, sans ligne centrale, en débordant à gauche et à droite de sa voie.

La musique allumée. Jeff Buckley, « Hallelujah », « The Sound of Silence », on a eu Joan Baez, Dylan, Brassens, « Quatre-vingt-quinze pour cent ». On écoute les bandes-son de Dolan ou Badalamenti, Anne double, s'élance. Phil n'est pas fan de vitesse mais il la laisse l'emmener.

Et puis un jour Phil a baissé la vitre et laissé son bras pendre et être soulevé par le vent. Comme une relâche. L'image des vacances aussi, cette main du conducteur ou du passager qui sort de la voiture, qui prend l'air, sent la vitesse, le soleil et qu'on ne voit qu'en été, aux beaux jours.

Là elle s'est dit que c'était possible.

Mesure-t-on la possibilité d'un certain bonheur à ces moments précis ? Des moments qui restent en tête, vus de l'extérieur, des détails qui disent un changement, un basculement.

Et puis, autre chose, de plus général, face à l'Atlantique. Elle découvre qu'on oublie dans les vagues les soucis, les disputes, les tris, la panne sèche, la vaisselle, la culture, la mort, l'héritage, les beaufs étalés sur le sable, l'hypermarché. On peut oublier avec l'océan en vue.

Ça peut se noyer dans toute cette eau.

38

Un soir, Phil. Je préfère quand ça ne bouge pas trop.

Il fait nuit, on aperçoit la lune par la fenêtre et la lumière des voisins, au loin, qui ressemble plutôt à une lumière naturelle. Parce qu'il y a un étrange reflet dans la vitre. Anne vient de finir la vaisselle. Elle pense à l'écrivain. Elle a vu sa terrasse mais pas l'intérieur. C'est certainement assez sympathique, avec des choses essentielles, du vin, une table, ce qu'il faut pour écrire et des livres. Elle a essuyé ses mains sur le torchon suspendu, s'est assise, s'est rassemblée et tue. Intérieurement, extérieurement. N'a plus fait de bruit. Dans la cuisine, sur le tabouret, avec les mains posées sur les genoux. Phil un peu plus loin, sur ses fleurs. Elle s'est dit Je vais l'écouter vraiment, ne pas lui sauter dessus, ne pas le dégommer, ne pas le prendre pour un con, ne pas lui être supérieure. Elle s'est dit que ça ne lui ressemblait pas du tout, que ce n'était pas naturel et que ça ne tiendrait pas longtemps, mais que c'était bien de faire l'effort. Elle ne sait pas si cela servira à quelque chose. Si un couple se construit avec des efforts. Elle se dit qu'elle ne va pas y arriver avec cet homme parce que ce n'est pas naturel, qu'un couple ça doit être évident ou ça n'est pas. Comme une mère avec son enfant. Les hommes auront beau faire tous les efforts de la terre, ils n'arriveront jamais à être des mères, n'en déplaise aux féministes. Mais la pensée qu'elle se trompe, qu'elle est complètement à côté de la plaque, la traverse. Peut-être qu'elle doit changer, s'inspirer de lui. Peut-être qu'elle n'a pas raison. Et que si elle a tort, alors elle a peut-être le bon mec en face d'elle. Celui qui est capable de dire doucement Je préfère quand ça ne bouge pas trop. Celui qui sait ça de lui.

Elle se souvient d'un livre de Richard Morgiève. Il écrit que si on le secoue, les larmes risquent de déborder. Finalement, Anne aime ces hommes-là. Elle est loin du compte, loin de se taire pour entendre, mais à plusieurs reprises dans les jours qui suivent, elle s'interrompt dans sa course, se met dans la posture de ne pas trop remuer pour voir ce qui se passe.

Il l'a touchée, avec cette phrase-là.

39

Les cool, les *Into the Wild*, les marchands de bracelets du marché, les surfeurs cheveux au vent, disent « Monta ». Comme l'écrivain. Dire « Monta » est un acte de résistance contre la société, contre le grand capital. Nicolas apprend à Anne que l'expression « enlever son slip » signifie se donner à fond. Il ajoute, sûr de lui : Bon en tout cas on est à poil quand on écrit, ça, c'est clair. Il a la manière de mêler la rareté des mots et une certaine trivialité. Il se démarque du commun des mortels, forcément. Dès que nous commençons à écrire, nous sommes dans la transparence la plus totale, une transparence que nous-mêmes nous ignorons, dit-il encore. Ce qui ferait d'un écrivain une sorte de super-héros de la fragilité, de la sincérité. Enfin certains écrivains, pas tous bien sûr. Il n'a pas tort. C'est ça le plus déconcertant. Il est juste dans le contenu, mais dans l'intonation, dans la manière, quelque chose cloche. Anne se met à écrire là-dessus car elle a besoin d'expulser la hargne qu'elle a contre lui. Le rosier, le combi bobo surf sur le toit, Volkswagen «la voiture du peuple» (créée dans l'Allemagne nazie des années 1930, ça calme), la maison accueillante, tous les romans qu'il a écrits (une vingtaine, des nouvelles du début aux derniers gros romans-fleuves, et ils sont bons, fluides), sa vie choisie, pas subie, sa Liberté, son corps ferme catapultent Anne. Le sentiment de ne pas être du milieu, là où lui compte ses quatre ou cinq meilleurs amis (son éditeur – un type maigre qu'Anne trouve misogyne, physiquement repoussant, un littéraire pur jus, mais un éditeur fidèle, qui l'a révélé et jamais lâché –, un journaliste du *Monde* et sa femme, un mec de la télé qui boit ses paroles, une superbe attachée de presse qui a ses entrées dans toutes les émissions télévisées et littéraires, on a besoin des deux pour être *beaucoup* lu). L'incapacité d'Anne à vivre une belle histoire d'amour, à être une amoureuse, à dire «Je t'aime» à la personne avec qui elle est, son côté brut, névrosé, cherchant ici et là des solutions mais ne trouvant jamais la réponse mesurée, adéquate, apaisante.

Elle prend des notes dans les coins, met à plat. Pourquoi lui en vouloir à ce point? Qu'est-ce que j'ai à voir avec lui? Écrire sans séduire. Sans prendre l'autre dans son filet.

Écrire simple, s'en souvenir. Il me met la rate au court-bouillon, ce type.

Qui devient-elle face à cet homme qui parle et écrit ? Où va-t-elle chercher les mots, dans quel recoin, à l'ombre de quel arbre ? Elle se revoit. Elle coupe une branche du laurier et la traîne comme une carcasse à l'arrière de la maison. Elle a un peu la force d'un homme. Ça la fait marrer.

Elle se rêve plus en mec qu'en femme, en tout cas elle aime les femmes masculines, les parfums d'homme, les montres d'homme, elle aime *Laurence Anyways* de Dolan, surtout les deux sœurs, parce qu'entre elles, elles n'y vont pas par quatre chemins. Les personnages sont brut de décoffrage. Une expression qu'Anne emploie souvent. Elle vérifie dans le dictionnaire. Enfant, on avait le droit de se lever de table seulement pour *vérifier dans le dictionnaire*. Va vite vérifier dans le dictionnaire. Brut de décoffrage : sauvage, brutal.

Nicolas a insisté sur ses origines ouvrières. Il en est fier.

Sur Wikipédia : Nicolas Mazeau a grandi dans un milieu bourgeois du sud de la France.

Elle veut écrire un roman sans fioritures, sans sophistiquer. Elle a un tas de personnages en tête qui vont de Ken Loach – *fish and chips* dans du papier gras – à Rosetta. À *La Strada*, à comment il s'appelle déjà, Anthony Quinn, *Dance, did you say dance? Go on my boy! Together. I have so much to tell you. Never love the man more than you*[1]. Voilà, elle veut écrire un sirtaki de Zorba ! C'est comme quand elle est arrivée à Paris, jeune femme, encore jeune fille, elle n'a pas aimé toute cette beauté, le Louvre, les immeubles aux façades décorées, les ponts, les moulures au plafond, les trucs en trop. C'était mieux dans son port. Les avenues mènent à la mer, les bourrasques vous arrachent, les bars sans terrasse, les rues vides où l'on n'est que soi-même.

Elle écrit.

Il ne faut pas être habile pour écrire. Pas maniéré. Il faut pouvoir compter sur quelqu'un, comme sur Esther, les cheveux bouclés autour de la tête, dans le soleil on dirait un soleil. *Best friend.* Ou bien on met la littérature entre quelqu'un et soi. Ça fait un beau mur, comme entre Nicolas et elle.

1. *Zorba le Grec*, de Michael Cacoyannis, 1964.

Chacun chez soi et les moutons seront bien gardés.

Les êtres hurlent parfois comme des chiens, tristes, montrent les crocs, se défendent, luttent, s'arrachent les cheveux, se tapent la tête contre les murs, portent un buffet, en bavent. Y a pas de honte. Ils ne lisent que les livres qui font vivre et supporter la mort.

40

Ce jour-là, ils se sont bien marrés, Phil et Anne.

Ils passent sur la route.

Nicolas fait la vaisselle, beuquette ouverte. La beuquette : la fenêtre placée au-dessus de l'évier pour regarder sans être vu, comme il l'a expliqué à la télé. Les (autres) invités, sur le plateau, béats d'admiration. Il faut voir certaines personnes parler et les autres écouter, l'aura qu'ils ont, leur besoin d'attention, et ces autres qui, regard entendu et sourire figé, acquiescent. Sa beuquette est ouverte et il est vu d'emblée. Nicolas les mains dans la mousse de vaisselle, de but en blanc. Avez-vous lu *Le Premier Homme* ? Camus, son dernier roman, inédit. Il salive comme la mousse. Attendez-moi, j'arrive. Il sort, rapide, fringant, mains sèches, leur tend le livre. Lisez, c'est définitivement ailleurs ! Vous me direz. Il rentre aussi sec.

Anne se met à rire, Phil lui pince l'avant-bras. Elle a sur les lèvres un Pour qui tu te prends. J'ai un problème de buffet, pas un problème d'ailleurs. Viens soulever mon buffet. Ou as-tu les horaires de la déchetterie, j'ai un buffet à jeter. Les jours suivants, Anne crie dans la maison, C'est Ailleurs, c'est définitivement Ailleurs ! Et Phil rit.

41

Une autre fois. Nicolas, Anne, Phil. Anne et Phil expliquent à Nicolas où se trouve leur maison. Un peu plus loin, sur la ligne droite, une maison avec beaucoup d'arbres et sans clôture.

Ah! Cette maison sans clôture, bon sang mais c'est bien sûr!

Pas besoin de clôture. Sourire de connivence. Le On se comprend, implicite. Comme s'il y avait eux, et les autres, avec jardin à nains, chien de garde, barrière. Il les aimait pourtant, ces gens simples, les héros de ses romans.

C'est vrai, sur le terrain d'Anne et de Phil, des chevreuils peuvent gambader, une voiture débouler, un sanglier tout foutre en l'air, un chien méchant vous mordre les mollets. Pourtant chaque soir, quand la nuit tombe,

Anne aimerait fermer son portail et faire taire l'angoisse qui monte en elle. Elle a peur. Du silence, du noir, de formes qui surgiraient brusquement. Et de derrière, de la grande forêt, qui peut arriver ?

Ah ! C'est donc votre chère maison ! Cet hiver, la croyant à l'abandon, nous avons cueilli des cèpes sur le terrain. Désolé de nous être ainsi imposés.

C'est sophistiqué. Rien n'indique qu'il est vraiment mal à l'aise. Il faudra chercher à comprendre de quel bois il se chauffe. La maison de l'écrivain est ouverte, pourtant quelque chose reste opaque. Aiguise le désir d'en savoir plus. L'envie de voir. Parle-t-il pareil à l'intérieur et à l'extérieur ? A-t-il besoin de sophistiquer autant entre ses quatre murs ? Face à lui-même. Que se passe-t-il dedans ?

Sophistiqué : alambiqué, affecté. Ou : qui se distingue par son allure recherchée, artificielle.

Les « autres », les gens qui habitent le Médoc, ceux avec des clôtures, disent « Montalivet ».

42

À Hourtin, sa femme Catherine tient le stand de bouquins sous un parasol de marché, les livres sont rangés dans des caisses en plastique à même le sol, et lui le mari un peu plus loin dans l'allée des nippes et des paniers, une grande table de pots en grès et de céramiques. Grâce aux rentrées d'argent, ils ont pu installer le chauffage cet hiver. Phil a eu l'air surpris. Il fait ça pour arrondir les fins de mois ? Non, Phil, il vit avec la céramique, sans elle il ne mangerait pas. C'est comme tous les écrivains, tu crois quoi ?

C'est dur de passer l'hiver dans le Médoc. Jusqu'à décembre, ça va, on tient, puis vient janvier, et là on se met à vraiment vouloir voir le soleil, on ne supporte plus le froid, la pluie. On ne peut plus sortir de chez soi, mettre le nez dehors. C'est la maraîchère qui l'a dit.

La vérité, c'est que Nicolas en crève, des hivers et des poteries. Que Catherine a dû emprunter pour acheter le chauffage car

Nicolas ne s'en sort pas. Qu'il replonge dans l'alcool. Qu'il devient fou certains soirs.

Je l'ai entendu hurler une nuit. Il était sorti de chez lui et il hurlait comme un fou, la maraîchère a raconté à Anne. Elle avait pris peur avant de reconnaître sa silhouette dans le noir. Vous savez, il écrit des romans. Vous savez, ces gens-là. Ça ne doit pas être facile pour sa femme.

Ce ne sont pas des bruits. Ce n'est pas un secret. Nicolas ne le cache à personne. Dans un article que tout le monde trouve sur Internet, il raconte qu'il a été alcoolique, qu'il ne l'est plus.

Nicolas met la littérature entre lui et la vie, entre lui et Anne. Pour survivre. Nicolas est un danger pour Anne. Les manières de Nicolas la tiennent à distance. Il garde la place d'écrivain. Ils ne rentrent pas en contact. Il n'y a pas de place pour deux.

43

Anne fait le marché, achète des livres et la fouta de la bonne couleur pour aller se dorer la pilule. Puisqu'elle est là, à rien foutre, à ne pas dépasser la page un, à avoir des soucis décoratifs de maison secondaire, à couper des branches en douce.

L'écrivain gagne sa vie, avec sa femme, eux ils travaillent. Anne porte des Ray-Ban en écaille.

On vient tous les ans, lance-t-elle à Catherine. Elle parle d'elle. Un peu, car elle ne peut pas dire grand-chose. Elle se justifie.

Catherine, cheveux lâchés, lavés par l'eau de mer, visage buriné, bras croisés.

Je déteste retourner deux fois au même endroit.

Anne. Rabaissée. Sent les anses de son panier glisser dans sa main soudain moite, les Ray-Ban perdre leur aplomb, sait ce que Catherine signifie par là, sa haine des bourgeois, des maisons de vacances, qu'on entretient, dont on peint les volets, et que l'on n'ouvre qu'aux beaux jours, tandis que les gens, les vrais, vivent ici à l'année, courageusement, et n'ont qu'une maison. Anne glisse la main dans son panier, prend un billet pour payer le livre. Elle dit au revoir mais son sourire tremble. Catherine sûre d'elle, les bras croisés, dans son vieux jean, s'en bat les couilles, elle a toujours le même jean, acheté au marché ou chez Carrefour, délavé dans les plis, taille 34, max 36. Il n'y a pas de choses matérielles. Elle parle déjà à un autre client. Gentiment.

Anne finit les allées. Derrière ses Ray-Ban. *Fuck.*

Fuck les légumes, les livres d'occase, *fuck* les bracelets porte-bonheur, *fuck* Nicolas Mazeau et sa femme, les hamacs multicolores, les poulets rôtis, les robes en lin, *fuck* tout le monde.

Elle le sait, la femme de Mazeau, qu'Anne habite à Paris, qu'elle vit avec trois fenêtres donnant sur le jardin du Luxembourg, que c'est un appart de famille, qu'elle n'a rien fait pour mériter ça, qu'elle n'a rien tenté d'autre dans sa vie que de monter un étage à pied pour rentrer chez elle. Mazeau lui a raconté. Trois fenêtres sur le jardin du Luxembourg. Trois fenêtres à barreaux l'été à Naujac. En attendant de crever.

La devise de la femme de Mazeau : *Never explain, never complain.*

Les Mazeau, mari et femme aux cheveux salés, se promènent dans des véhicules légèrement déglingués, libres, poils au vent, moteur et esprit débridés, tournés vers l'océan et la littérature, imagination et terre fertile, pages et pages d'écriture baignées par les embruns, l'humain, le large, les spartiates. Anne achète du pain. Le cœur n'y est plus. Anne, l'enfant gâtée. *Never complain* quand on a une vue, la vue sur le jardin du Luxembourg, d'ici ou d'ailleurs. « Quelle chance » revient dans la bouche des uns et des autres, se plaindre, faire parler de soi, mais comment ? Elle les sent dans son dos. Ils sont heureux à vendre leurs choses.

44

Derrière ses Ray-Ban, elle a des crises d'angoisse. Derrière ses fenêtres avec vue, elle se débat. Derrière ses fenêtres, elle n'a pas toujours voulu vivre. Elle cherche une place.

Quand ils vont se baigner, elle et Phil, c'est à la plage centrale comme tout le monde car elle a peur de mourir. Après le bain elle achète *Le Nouveau Détective*, passe en revue les meurtres et les viols d'enfant de la semaine. Ils s'installent en face de la maison de la presse, mangent une glace et boivent un demi au café avec le trampoline géant orange. Les enfants sautent là-dedans, se cognent contre les filets et repartent. Phil prend un panaché. Ils discutent avec la serveuse tout droit sortie de Pialat et Dardenne. Petite, blonde, queue-de-cheval, jean clair taille haute, baskets blanches compensées. Les joues rondes. La bouille et le sourire. Mes parents sont morts, j'ai dû arrêter mes études, mais bon, là ça va, il faut reprendre.

Tous les jours pareil. Elle répète. Chaque jour c'est différent.

La femme de Mazeau, elle ne sait pas ça. Qu'Anne rentre, roule sur la route des morts, se déleste, pleine d'espoir et de foi. On a un sentiment de liberté à rouler sans ligne continue ni discontinue, sans ligne du tout, au milieu de la chaussée, à dévier. Cette absence de ligne est un repère. Elle marche à coups de repères. Dans le dos elle a le soleil qui se couche, dans le rétro elle voit défiler les forêts de pins, pas encore arrivés à la taille adulte, vert tendre. Et sur les cuisses, la robe relevée pour ne pas la graisser, une barquette de frites de chez Nino attrapée au vol à la sortie de Montalivet. Des bonnes frites bien chaudes et salées qui lui brûlent la peau. À côté d'elle, Phil.

La femme de Mazeau disparaît. Anne s'éloigne. Elle retrouve son histoire. Avec ses Ray-Ban et sa vie comme elle est, le laurier, la maison, les fantasmes.

Revoir la serveuse tous les jours lui fait du bien.

45

Ils sont allés jusqu'à la fin de l'été. Anne s'est habituée. Elle s'est détendue. Malgré elle. Avoir traversé l'été, c'est une victoire. D'habitude elle part avant. Elle ne tient pas jusqu'au bout.

Les vacanciers continuent à faire du manège. Elle a une existence à côté. Pareil avec Phil. Elle arrive à vivre. À côté, avec lui. Elle est seule du coup, elle arrête un peu de croire en l'autre. Ils mangent des pizzas chez Nino là où on achète les frites.

46

Veille du départ. Depuis une semaine ils rangent le bois, le garage. Ils roulent les tapis, lavent les draps, empilent le linge. Ils ferment la maison. Une maison, ça s'ouvre et ça se ferme.

Ça va mieux entre eux. Mais comme c'est récent, faut faire attention.

Les portes claquent dans les courants d'air, coups d'aspirateur, tapis secoués, et dans ce mouvement Salut, y a quelqu'un ? qui vient de derrière le laurier. Une voix connue. Nicolas. À vélo. Un ado tout frais, séducteur. Jamais venu sur son terrain. À part pour cueillir les champignons, mais elle n'était pas là.

Il ne va pas rester longtemps, juste le temps de dire au revoir. Est-ce que la maison lui déplaît ? Est-ce qu'il les trouve banals ? Classiques ? Bourgeois ? Il est venu avec son dernier roman. Il met pied à terre. Je te l'ai dédicacé. Anne prend le livre. Il n'a pas le temps de boire un café, il doit partir. Il ouvre et ferme aussi sec.

Au revoir, Nicolas, merci. Au revoir, Anne. Le vélo s'en va par où il est venu.

Elle est comme deux ronds de flan avec sa dédicace, là, debout dans le jardin. Elle ne fait que se cogner sur cet homme. Ça lui est déjà arrivé plein de fois, le truc homme-femme, pas naturel pour elle. Pas douée en désir.

Comme elle s'est toujours cognée sur son père. Mais fort alors, ça faisait mal. C'est vieux, ce n'est pas l'histoire.

47

Sur la première page blanche, il a écrit :

Pour Anne (du Verdon).
Et d'ailleurs, je mesure,
à la difficulté de te le dédicacer,
que l'amitié gagne,
c'est toujours beaucoup plus dur,
comme le désir de durer, avec les copains.
Nicolas

Elle s'est assise à la table de la cuisine. C'est toujours là qu'on se retrouve. À Paris aussi. On fait un café, on lit. On prépare à manger. C'est l'endroit dans la maison où la lumière arrive en premier, le matin.

« L'amitié gagne ». La tête tombée dans les mains, elle relit, les pages sont coincées sous ses coudes. Elle essaie de comprendre. Elle se lève, le livre se referme, elle se met à chantonner des bouts de Céline Dion. « On ne change pas, on ne change pas... Une petite fille, solitaire, une toute petite fille... On attrape des airs et des pauses de combat...» Elle danse dans la cuisine comme parfois elle aime faire, d'un coup, se donner de l'énergie. Bien sûr ce n'est pas du tout le moment, elle doit préparer les valises. Elle se déhanche. Et là, entre la gazinière et le frigidaire, à tourner comme ça, elle fond en larmes.

Elle ne voit que la première partie. «L'amitié gagne». Se sent aimée.

Elle saute, passe d'amitié à amour.

À la première page de son dernier roman, au moment où elle s'en va. Il l'aime, il l'apprécie, il devient son ami. L'écrivain se fend d'une dédicace, prend le temps d'écrire à son intention, l'appelle Anne, de son prénom. Acceptée par le coin. Une des leurs. Quels leurs ?

Puis d'amour, elle redescend vite à amitié, à copains. Il pense au moins un peu à elle puisqu'il écrit une dédicace. Touchée.

Mais pense-t-on *un peu* à quelqu'un ? C'est un flot de larmes et les mots de la dédicace dévalent dedans. « Les copains ». Elle dans la peau du copain. A-t-elle une tête de copain ?

« Les copains d'abord », la sacrée bande de mecs, les potes, l'amitié entre hommes, *Vincent, Paul, François et les autres. And the others, dixit* Netflix.

Le rapport homme-femme, elle y revient, elle est plutôt le copain, il a vu juste. Pas possible de se mettre en femme. Elle ne met pas de rouge à lèvres. C'est pas la question, si elle en mettait ça changerait rien. Toujours l'impression d'être un travelo quand elle se maquille.

Ils n'ont jamais roulé ensemble cigarette au bec et vin à la main… Ils n'ont jamais été des copains.

Elle passe de femme – apparemment elle en est une – à copain.

Puis :

« C'est toujours beaucoup plus dur, comme le désir de durer ». Et là elle ne comprend plus rien. Dédicace à retardement.

48

L'alambiqué de la phrase. L'histoire du désir la taraude sur l'autoroute du retour. Dur, désir, durer. Elle au volant, elle pense dur, sexe d'homme. Dur, le désir de bander, oui ! Avec les copains. Comme c'est con. Ils descendent à la prochaine station. Total. Ils achètent des sandwichs triangle. Ça a un goût dégueulasse dans les aires d'autoroute, mais libre et rapide. Devant le distributeur de café, elle parle à Phil de la dédicace, c'est la seconde partie.

Phil qui dit : C'est Éluard, *Le Dur Désir de durer*. Il touille son café.

Plein de choses lui échappent comme ça. Elle a des lacunes. Pareil pour les expressions, elle écrit : comme deux ronds de flanc avec un « c ». Phil corrige. Comme deux ronds de *flan*. Pas vexée. Au contraire. Ça fait réfléchir. Elle dit Jack Lennon. Elle a Jack Kerouac et

John Lennon. D'une pierre deux coups. À flanc de montagne, comme deux ronds de flanc de montagne. Deux ronds de flan, elle reste comme un flan.

Elle prend des Ricola à la caisse et ils s'en vont.

Maintenant ils sont mieux ensemble, Phil et elle. Il a simplement dit C'est Éluard et a touillé son café.

Éluard qu'elle n'a jamais lu se dissout dans le café d'autoroute. Dans la voiture, ils se marrent, ils suçotent les pastilles. Anne croque.

Bye bye, Paul, *bye bye*, Nicolas, vous allez nous manquer !

49

Septembre à Paris, la rentrée. Anne travaille à ses piges, Phil va au lycée. Il peint le reste du temps. Elle oublie d'écrire. Elle oublie le roman. Elle fait attention à l'appart, le brique, etc. Mi-octobre, coup de fil, ils doivent repasser à Naujac, inondation dans la cuisine. C'est la maraîchère qui les prévient, Phil lui a donné la clé. Elle est censée passer voir si tout va bien une fois par mois.

Re-autoroute Paris-Bordeaux, re-bifurcation vers Royan, re-bac, re-traversée du Médoc, retourner à Naujac. Ils arrivent tôt, vers 15 heures. Phil passe la fin de la journée à jeter des serpillières sur le carrelage. Il trouve vite. Le robinet de la machine à laver n'avait pas été fermé. C'est idiot mais comme ça on est obligés de revenir. J'aime cette maison, je m'y suis fait. Et j'ai besoin de tout cet air pur. Content, il met les bûches dans le poêle. On chauffe la maison. Phil va, vient, dedans, dehors, son corps est à l'aise. À la fin de l'été, les quelques voisins se sont habitués à Anne et Phil, à les voir travailler dans le jardin, transporter des branches, étendre le linge. Ils saluent, s'arrêtent. « On respire ici. » Ils viennent de Paris alors la pollution. Ils répondent poliment, oui, c'est sûr, on respire le bon air. Anne respire aussi à Paris, mieux, même, mais ça ne mange pas de pain. On les a même vus aller et venir avec la voiture pleine de bouts de meuble, des lambris, des cartons, un vieux sommier + matelas, le coffre souvent à demi ouvert, et les sangles prises là-dedans pire que des ronces. Des bouts de maison qu'on transporte et qu'on emmène se faire recycler. Soit Anne, soit Phil au volant, le plus souvent Anne parce que Phil, ça lui fait encore quelque chose de jeter par-dessus bord. L'été est passé si vite à la fin. On a regardé la mer pour la dernière fois, mangé le dernier magret, les dernières frites, dit au revoir à la femme de Nino. Les derniers bouquins d'occase à la grande librairie de la plage qui vend aussi des gadgets. Ils croisent Mazeau, ils rient tous les deux. Ils l'imitent. Anne et Phil se sont retrouvés grâce à lui. Une forme de soudure. Ils ont fait front.

Au marché, ils rencontrent la femme de Nicolas. Catherine a pris vingt ans en un mois et demi, son corps est penché, sa tête tombe en avant. Elle est là, à vendre les livres. Vaillante. Anne en achète un, l'histoire se répète. Elle aimerait dire un mot. Elle demande si ça va. Oui, très bien. Le soleil, la pêche. Donc tout va bien. La même impression d'être en dehors. De ne pas faire partie.

Elles n'ont jamais été proches. Seulement bu ensemble quelques verres de vin pour la forme.

Catherine avait toutes les raisons de penser qu'Anne était conne, à demander si ça allait. Ne l'avait-elle pas de toute façon toujours pensé ? Anne aurait aimé qu'elle se confie à elle, qu'elle l'apprécie. Mais aujourd'hui, elle n'était ni plus ni moins aimable que d'habitude, juste ce qu'il faut de froideur pour qu'Anne parte. Après ils sont passés rapidement voir Nicolas aux foutas, et là rien non plus. Tu sais, Anne, on a des soucis terribles. Non. Toujours le même sourire, ça va, oui, très bien avec ce soleil. Bon, au revoir, Nicolas, on repasse. Rien sur l'amitié, rien sur les copains. Envolé.

Finalement c'était cool ce marché. Ça allait toujours bien. C'est cool la vie.

Never explain, never complain. Comme chez la reine d'Angleterre. Avec un foulard indien sur la tête.

Tant qu'il y aura des livres...

50

La maraîchère explique. Oui, dégénérescence musculaire. Avant ça ne se voyait pas. En un mois, le corps a changé. On ne la reconnaît plus.

C'est fou ce corps qui prend vingt ans. D'un coup. Une grande bosse a poussé dans son dos, à la hauteur des omoplates. Quel âge avait-elle avant de changer ? Cinquante, cinquante-cinq ?

On referme la maison. On vérifie l'arrivée d'eau.

51

Peut-être que Nicolas et Catherine ne peuvent pas parler d'eux ?

Peut-être qu'ils n'y arrivent pas.

52

Retour Paris, porte d'Orléans, Denfert, jardin du Luxembourg, premier étage. Vue sur le jardin. On ne se plaint pas. On vit et on attend (de mourir) gentiment. Les feuilles d'automne tombent. En novembre temps gris comme d'habitude. Les arbres ont de grandes branches noires et crochues. On dirait des bras de sorcière. Le week-end il y a encore du monde qui vient se promener. La semaine c'est quasi vide. Phil va courir. Anne essaie. Pour perdre du poids. Elle croise quelques algues du sixième, avec leurs cheveux blonds juste ce qu'il faut. Même en plein hiver on les croirait sorties d'un bain de mer à Formentera. Un naturel déconcertant. Ça fait des flashs lumineux dans la grisaille.

Décembre, janvier. À minuit Anne passe devant la box. Il est 00.00. Elle rejoint son lit, éteint tout, sauf son téléphone portable. Elle regarde les infos avant de dormir. *Le Figaro*. Elle fait défiler.

Un gros titre.

« Le romancier Nicolas Mazeau est mort. »

Ça ressort en grand. Très grand. Ça s'imprime direct dans le cerveau. Pourtant ça reste comme une idée, la mort. C'est pas sensible tout de suite. On se répète il est mort il est mort. On ne peut pas avaler ça d'un coup. Elle regarde longtemps l'écran. Depuis la porte entrouverte, la lumière du salon avec Phil au bout qui regarde un film.

« À l'âge de 55 ans. »

Elle est comme une conne. Elle se lève, va droit dans le salon. Phil. Quoi ? Nicolas Mazeau est mort. C'est dans *Le Figaro*, c'est écrit. Phil se penche, met sur pause, revient sur Google. Ensemble ils vont sur le site du journal, lisent en diagonale, le début et la fin surtout.

« La femme du romancier était morte peu de temps auparavant. »

Deux mois. Nicolas n'a pas survécu.

Ça fout un coup, ces deux morts.

Trouver la raison. Lire comme un fait divers. Rien, pas un mot sur les causes du décès.

Anne parle vite, il s'est forcément suicidé. Ils le diraient si c'était autre chose. Ils préservent l'intimité, la famille, ils laissent tranquilles les vivants, laissent tranquille la mort.

Anne cherche sur son portable. Mort Nicolas Mazeau. Toutes les nécrologies apparaissent instantanément, quelqu'un de connu meurt, tout est prêt.

« Un grand écrivain s'est éteint », *L'Obs*, « Mort de Nicolas Mazeau, un écrivain proche des gens », *Libé*, l'écrivain meurt à 56 ans, avec BFM TV il gagne un an. Son style délicat, sa tendresse, son goût du détail et des expressions inconnues, mais rien sur les causes du décès, Anne aimerait trouver, un suicide, une crise cardiaque, une maladie, un accident de moto. Plus chic de mourir sans raison. Encore dans sa mort, Nicolas se cache. Sur un blog, un ami raconte qu'il était dans le coin, qu'il a fait un détour pour saluer Nicolas. C'est là qu'il l'a trouvé froid au pied du grand chêne. Une mort, deux morts, paf. D'une pierre deux coups. On ne peut pas parler si brutalement des gens qui meurent. Sous prétexte que l'on n'était pas en accord dans la vraie vie.

On ne peut pas, on ne doit pas...

C'est glacial. Seul au pied du grand chêne qu'il aimait tant. Dévasté par l'absence. Quand Nicolas souriait au marché, il savait qu'elle allait mourir. Ils savaient tous les deux. Et que lui n'irait pas plus loin non plus. Ils en avaient parlé dans leur petite maison. Je ne resterai pas sans toi. Je ne te survivrai pas. Elle était plus mitigée. Elle aurait pu vivre sans lui. Ils avaient construit quelque chose qu'il fallait continuer. Pas lui sans elle. Elle était son drapeau, sa fierté, sa raison d'être. Entre le mois de novembre et le jour de sa mort, il a replongé, seul dans l'hiver en proie à ses démons, dans la froidure, même sous les couvertures, on ne se réchauffe pas, la pluie cogne sur les fenêtres, le noir dehors. L'alcool qui revient, violent, percutant, effaçant tout des années où *il s'en est sorti.* Écrire ne servira plus à rien. C'est une mort banale, c'est une noyade dans le chagrin. Une électrocution de l'amour. La mort dévaste la demeure. En trois mois, il n'y a plus personne. Ni femme ni écrivain. Balayés.

Nicolas et l'amour de sa vie en poussière.

Communiqué de la mairie : Nous apprenons avec une immense tristesse le décès de Nicolas Mazeau.

52

Les jours suivants, Anne rassemble tous les livres qu'elle a de lui notamment celui avec la dédicace. Sur YouTube, elle regarde les vidéos d'émissions littéraires, les interviews que des journalistes ont faites de lui dans sa maison du Médoc, d'elle aussi, leur désir de mourir près de la mer. Elle relit les articles, les nécrologies, pour la plupart de simples résumés de sa vie littéraire, de ses œuvres, adaptées parfois à l'écran, etc. Rien qui parle des raisons de sa mort. « Il s'en est allé. » Juste trois mois après la mort de sa femme. Est-il mort d'une crise cardiaque ? À coups de médocs et d'alcool, d'infinie tristesse et de stress. Oui et non. Est-ce un suicide ? Était-ce un accord ? Je ne te laisserai pas seule dans la mort. Je te rejoins, attends-moi. Dans toute mort des zones d'ombre, mais Anne cherche. Dans les détails, l'expression, les mots.

« On écrit lorsqu'on n'arrive plus à comprendre. » YouTube. Ce qu'elle ne comprend pas lui donne une limite. « Notre propre vie devient un roman. » Nicolas était écrivain. Il était légitime. Sa mort, avec toutes ces pages et ces liens internet, vient confirmer sa place dans la littérature. Il est dans le livre d'Anne. Il a pris une telle place dans Naujac, comme cette mort en gros titre. Anne s'est mesurée à lui, elle l'a plongé dans sa vie, elle l'a de force enfermé dans son livre. Un matin, elle l'a croisé à Paris, près de chez elle, métro Saint-Placide. Elle a crié son nom pour qu'il se retourne, il l'a saluée comme si c'était tout naturel de se trouver là, rien de plus. Pas de quoi s'émouvoir. Il a dit rapidement au revoir, a remonté la rue de Rennes avec la femme qui l'accompagnait.

Elle a aussi plongé Phil dans l'histoire, pour de bon. Et Anne pense à toute allure que la mort de Nicolas lui laisse la place...

53

Un peu dingue d'avoir pensé que deux écrivains à Naujac c'était trop, et voilà qu'un des deux meurt.

Elle a du mal à le croire. A-t-elle gagné à un jeu d'enfant ? Je tire, t'es mort. C'est moi qui gagne.

Elle n'arrive surtout pas à écrire et s'est donné une raison de ne pas y arriver. Et là, soudain, la raison vole en éclats. Nicolas, le laurier, Phil, l'enfance, personne n'y est pour rien.

Nicolas meurt tôt, sa vie écourtée par un bout. La fin de sa vie arrachée. Il aurait dû écrire encore un paquet de livres. C'est un hasard. Anne s'en veut. Elle l'a quand même démonté. Déboulonné. Encombrant la mort de quelqu'un qu'on a critiqué.

Il lui reste quoi ?

Phil dit. Tu as la mort, c'est beaucoup. L'hiver pluvieux, la boue gris-marron dans les chemins, les maisons vides, celle de Nicolas à jamais fermée. Les livres sur les étagères, à l'arrêt, dans le noir, volets clos. L'abribus, la grange, les planches en vrac, sous la pluie. Le mur de pierre triste. Les herbes envahissent la boîte aux lettres. Les voitures, le combi, dans le garage, ne sortent plus. La moto non plus. Le bitume des routes, la croix au virage pour signaler la mort d'un jeune. À cet endroit si on prend trop vite le virage, on s'envoie en l'air.

Phil dit. Le roi est mort, vive le roi !
Arrête, rigole pas.
Il ne dit pas ça, pas son genre.

A-t-elle provoqué la mort de Nicolas ?
Non.
Bien sûr que non.

À elle la coupe du laurier, à elle les légumes de la maraîchère, les foutas du marché, le cubi de Tros au Carrefour, la palombe rôtie, Montalivet, l'océan ? L'espace n'est pas plus libre qu'avant. On ne joue pas un rôle dans la vraie mort d'un homme. On peut juste la fantasmer. À moins d'être un criminel.

Et c'est une fantaisie d'enfant, de souhaiter la mort du père parce qu'il faut consoler la mère. Parce qu'il faut se débarrasser du poids. Aujourd'hui, Anne n'est plus une enfant. Pas besoin de tuer pour vivre. Elle était encore petite quand le chat noir nommé Kentucky avait cessé de respirer sous la boîte aux lettres à l'entrée du jardin, frappé par une voiture. La mère l'avait enterré près des rosiers. Anne confondait le chat et le père.

On peut souhaiter la mort de quelqu'un, insistait-elle auprès de ses amis. Les autres n'en revenaient pas. On ne peut pas rêver de ça. Elle argumentait. Tu crois que Doinel veut quoi dans *Les 400 Coups*. « Ta mère, ta mère, qu'est-ce qu'elle a encore ? » Doinel, il répond à l'instit : « Elle est morte[1] ! » Faire taire les autres grâce à la mort. Il trouve la meilleure des solutions, Antoine. Plus qu'il a bien des raisons d'avoir envie qu'elle crève, sa mère. Anne s'est inventé l'enterrement de grands-mères imaginaires pour qu'on lui foute la paix. Ça lui en faisait au moins des douzaines. Comme des boîtes d'œufs. On a le droit de se faire une place. La mort, c'est contradictoire. Ça va très vite. Tellement vite

1. *Les 400 Coups*, de François Truffaut, 1959.

qu'on doit inventer des choses. Écrire des choses. Pas moyen de se donner le temps.

Hasta la vista, baby.
Oui. À la prochaine.

54

Maintenant c'est sans lui. Anne et Phil ont acheté une voiture d'occase. Elle conduit la Peugeot pour aller à la plage. Une 209. Mille cinq cents balles. Dedans, ils casent tout. Cette liberté dans les pins. Sur la route.

CET OUVRAGE
A ÉTÉ ACHEVÉ D'IMPRIMER
SUR ROTO-PAGE
PAR L'IMPRIMERIE FLOCH
À MAYENNE EN JUIN 2023

N° d'impression : 102826
Imprimé en France